亲爱的她们

新时代女性文丛 主编 张莉

乔叶 著

中原出版传媒集团
中原传媒股份公司

大象出版社
·郑州·

图书在版编目(CIP)数据

亲爱的她们/乔叶著.— 郑州：大象出版社，2024.5

(新时代女性文丛/张莉主编)

ISBN 978-7-5711-1816-7

Ⅰ.①亲… Ⅱ.①乔… Ⅲ.①中篇小说-小说集-中国-当代 Ⅳ.①I247.5

中国国家版本馆 CIP 数据核字(2023)第 085568 号

新时代女性文丛

亲爱的她们
QINAI DE TAMEN

主　　编	张　莉
本书主编	张天宇
乔　叶　著	

出 版 人	汪林中
策划编辑	张桂枝　孟建华
项目统筹	陈　灼
责任编辑	丁子涵
责任校对	张迎娟
装帧设计	王莉娟
责任印制	张　庆

出版发行	大象出版社(郑州市郑东新区祥盛街 27 号　邮政编码 450016)
	发行科　0371-63863551　总编室　0371-65597936
网　　址	www.daxiang.cn
印　　刷	北京汇林印务有限公司
经　　销	各地新华书店经销
开　　本	787 mm×1092 mm　1/32
印　　张	8.25
字　　数	139 千字
版　　次	2024 年 5 月第 1 版　2024 年 5 月第 1 次印刷
定　　价	45.00 元

若发现印、装质量问题，影响阅读，请与承印厂联系调换。

印厂地址　北京市大兴区黄村镇南六环磁各庄立交桥南 200 米(中轴路东侧)

邮政编码　102600　　　　　电话　010-61264834

杂花生树,气象万千
——"新时代女性文丛"序言

"新时代女性文丛"旨在展现十年来中国女性文学创作的样貌和实绩,由五部小说集构成:乔叶《亲爱的她们》、滕肖澜《沪上心居》、鲁敏《隐居图》、黄咏梅《睡莲失眠》、马金莲《西海固的长河》。乔叶、滕肖澜、鲁敏、黄咏梅、马金莲是鲁迅文学奖中短篇小说奖得主,也是十年来成长最为迅速、深受大众瞩目的中青年女作家,她们来自北京、上海、南京、杭州、西海固,她们的作品真实记录了幅员辽阔的中国大地上女性生活的重大变迁,完整而全面地呈现了十年来中国女性文学创作所取得的成就。

"新时代女性文丛"有着统一的编排体例,每部小说集都收录了作家关于女性生活的代表作,同时也收录了作品的创作谈和同行评论、作家创作年表,这样编排的宗旨在于通过作品展现新一代女作家的创作全貌及其文学史评价。一书在手,读者可以基本了解作家的主要特色——既可以直观而真切地了解这位作家的创作特点、熟悉她最具代表性的作品,也可以了解这些新锐女作家十年来的成长轨迹,了解中国女性文学发展的风貌。

一

乔叶的《亲爱的她们》中,收录了《轮椅》《家常话——献给汶川大地震遇难同胞及其家属》《语文课》《鲈鱼的理由》《最慢的是活着》等多部代表作。她对于女性生活的记录质朴、深情,令人心怀感慨。《最慢的是活着》是她获得鲁迅文学奖中篇小说奖的作品,也是当代文学史上深具影响力的作品。奶奶的形象具有普遍性——她年轻时守寡,活着的目的只是使孩子们活下去。她织布,忙碌,深爱自己的儿子,但儿子还是死在她的前面,儿媳也死在她的前面。奶奶一天一天老去,慢慢和孙女达成了和解……乔叶点点滴滴地记述着一个女人的身体从年轻到苍老的琐屑,正是这些琐屑构成中国普通女人的民间史。"我的祖母已经远去。可我越来越清楚地知道：我和她的真正间距从来就不是太宽。无论年龄，还是生死。如一条河，我在此，她在彼。我们构成了河的两岸。当她堤石坍塌顺流而下的时候，我也已经泅到对岸，自觉地站在了她的旧址上。我的新貌，在某种意义上，就是她的陈颜。我必须在她的根里成长，她必须在我的身体里复现，如同我和我的孩子，我的孩子和我孩子的孩子，所有人的孩子和所有人孩子的孩子。"小说有缓慢的美，这使女人的历史和人的历史成了一条生生不息的河，也使整部小说具有了气象。一如鲁迅文学奖颁奖词所言："《最慢的是活着》透过奶奶漫长坚韧的一生，深情而饱满地展现了中华文化的家族伦理形态和潜在的人性之美。祖母和孙女之间的心理对峙和化芥蒂为爱，构成了小说奇特的张力；如怨如慕的绵绵叙述，让人沉浸于对民族精神承传的无尽回味中。"

滕肖澜是新一代上海作家。《沪上心居》收录了《梦里的老鼠》《姹紫嫣红开遍》《美丽的日子》《上海底片》四篇小说。滕肖澜写上海，使用的是本地人视角，在她那里，上海是褪尽铅华的所在，上海是过日子的地方，柴米油盐，讲的是实实在在。

因此，上海人眼里的上海，并不是直升机航拍下的那个不夜城。《美丽的日子》讲述了两个女人的故事。一个上海人，一个外地人；一老，一少。"上海人的那一点点小心眼，自尊又自卑；上饶人的那股子不屈不挠的心劲，可敬又可怜。怕人欺的人，未必不是欺人的人。为了生活，谁都不见得能做到完全问心无愧。"但无论怎样过日子，都要过美丽的日子，即使这日子没有那么美丽，也要过成美丽的样子。鲁迅文学奖颁奖词说："《美丽的日子》，叙述沉着，结构精巧，细致刻画两代女性的情感和生活，展现了普通女性追求婚姻幸福的执著梦想，她们的苦涩酸楚、她们的缜密机心、她们的笨拙和坚韧。这是对日常生活中的美与善、同情与爱的珍重表达。名实、显隐、城乡、进出等细节的对照描写，从独特的角度生动表现了中国式的家庭观念和婚姻伦理。"滕肖澜的小说元气充沛，有一种来自实在生活所给予的写作能量，读来可亲。

二

鲁敏的《隐居图》，收录了她的小说《白围脖》《镜中姐妹》《细细红线》《隐居图》，这里面的大多数人物是"越界者"与"脱轨者",他们渴望着一个脱离"常规"的世界,携带着都市人身上微小的疾患与怪癖。鲁敏热衷于对暗疾"显微"的书写,很多人物都出现了某种"暗疾":窥视欲、皮肤病、莫名其妙的眩晕、呕吐、说谎。她的人物于"暗疾"处脱轨,也于"暗疾"处渴望重生。"忆宁像孩子一样放声大哭起来:爸爸,我想你。"这是《白围脖》的结尾,其中含有对父亲深情的向往与想念,但又不仅仅是单向度的。鲁敏小说中的"父女情感"要复杂得多,也许这不是情谊,而是由父亲引发的焦虑——她对父亲是有距离的疏离,一种犹疑和一种情感上的不确定性,父亲在她的作品中既强大地"在场",又虚弱地"远去"。鲁敏的小说常让人感觉有暧昧的光晕存在,是那种"可能"与"不可能"并置——小说某个场景的逼真令人感到结结实实的撞击,可是,当你意识到,她漫不经心地对诸多生活琐屑的搜集使小说的许多场景充满诱惑力时,沉浸其中的你又分明听到了叙述人那兴致盎然和并不缺少幽默的解说,这使鲁敏小说多了很多分岔,有了许多风景……一切就成了景中之景,画外之画,分外迷人。

黄咏梅的作品中，有一种令人亲近的时代感和现实感，你几乎一下子就能感觉到，这是一位能切实书写我们时代生活的写作者。《睡莲失眠》中，收录了她关于女性生活的多部作品，如《睡莲失眠》《多宝路的风》《勾肩搭背》《草暖》《开发区》《瓜子》等。在小说集同名小说《睡莲失眠》中，黄咏梅书写了一位婚姻生活并不如意的女性，尽管婚姻生活令人失望，但她并没有成为弃妇，正如批评家梁又一所评价的，这篇小说之好，"好在作家不只停留在描写女性对男性的依附关系上，而是把更多的笔墨放到了女性主体意识的觉醒。得知丈夫出轨的许戈，没有像众人所想象的那样选择谅解，只是缓慢而坚决地同这段表面光鲜、实则内里早已破败的婚姻告别，销毁掉一切不必存在的联系，重新开始自己的人生。昼开夜合的睡莲本是世间常态的显现，唯独那朵白天绽放、夜晚照旧盛开的睡莲，隐喻了她们——这群重获主体意识的女性的卓尔不凡与温柔凛冽"。黄咏梅的小说切肤而令人心有所感，她笔下的人物总能引起读者深深的共情。

很难把马金莲和我们同时代其他"80后"作家联系在一起，因为她的所写、所思、所感与其他同龄人有极大不同。《西海固的长河》收录了她的《碎媳妇》《山歌儿》《淡妆》《1988年风流韵事》《母亲和她的第一个连手》。马金莲笔下的生活与我们所感知到的生活有一些时间的距离,那似乎是一种更为缓慢的节奏。当然,即使是慢节奏也依然是迷人的。她的文字透过时光的褶皱,凸显出另一种生活的本真,那是远离北上广、远离聚光灯的生活。她持续写下那些被人遗忘的或只是被人一笔带过的人与事,并且重新赋予这些人与事以光泽。她写下固原小城的百姓,扇子湾、花儿岔等地人们的风俗世界;画下中国西部乡民的面容;刻下他们的悲喜哀乐、烟火人生——我们的时代还没有哪位青年作家比马金莲更了解那些远在西海固女人的生活。她讲述她们热气腾腾、辛苦劳作的日常,讲述她们的情感、悲伤、痛楚和内心的纠葛。她写得动容、动情、动意。马金莲写出了回族人民尤其是回族女人生命中的温顺、真挚、纯朴,也写出了她们内在里的坚韧和强大。马金莲的写作有如那西北大地上茂盛的庄稼和疯长的植物,因为全然是野生的与自在的,所以是动人的。

三

无论是《亲爱的她们》《沪上心居》，还是《隐居图》《睡莲失眠》《西海固的长河》，"新时代女性文丛"致力于为广大读者呈现我们新时代女性的生活，同时也展现了我们新时代女性身上的坚韧和强大。通读这五部小说集时，我的内心时时涌起一种感动，我以为，它们完整呈现了中国女作家越来越蓬勃的创作实力，作为读者，我们能从中感受到热气腾腾的时代脉搏，感受到我们时代的气息和调性。真诚希望更多的读者喜欢这些作品，也希望读者们经由这些作品去更深入了解这些作家笔下的文学世界。

张莉

2022 年 5 月 3 日

目 录 Contents

003　轮椅
只有她自己知道,这个下午之后的她,
坐上这个轮椅之后的她,必将不再同于从前。

057　家常话
——献给汶川大地震遇难同胞及其家属

孩子,地震前那会子你在干啥?
……
说说呗。给姥姥说说呗。

089　语文课
刘小水不能想象。她不能想象这种单剥。
她忽然觉得自己就是那个被单剥出来的字——木。

119　鲈鱼的理由
和他在一起的这些时光,
是那么干涸和漫长,让她枯萎。

145　最慢的是活着
我和她之间,从没有这么柔软的表达。
如果做了,对彼此也许都是一种惊吓。

229　创作年表

创作谈 /

那天下午,我去探望一位年迈的亲戚,她下楼梯时摔了小腿,伤得很重,必须得坐一段时间轮椅。她不识字,吃过很多苦,极能干,以往在家里是一个声调很高、脾气很盛的人,有着众所周知的泼辣和凶猛。现在,我面前的她却变得十分安静、柔和,近乎胆怯。她的眼睛里不时闪过一丝的自卑、犹疑和惶恐。我听见她商量般地,近乎巴结地和小女儿说她想吃一家包子店的包子,香菇鲜肉馅的。告辞的时候,她摇着轮椅送我到门边,轻轻地说:小心。

一瞬间,我突然涌起一种强烈的冲动:坐上轮椅,到街上转一圈。那会怎样?我目睹的景象会和往昔的景象有何不同?往昔的一切又会如何看待我?这真是有趣。——当然,对于一个不得不坐轮椅的人来说,这种有趣只能解释为残酷。

我终归没有勇气去面对这残酷,没有勇气去实践这疯狂的冲动。这个冲动在我脑子里打着旋儿,冲出的便是《轮椅》这篇小说。写作过程是顺畅的、愉快的,但也伴随着另一些酸痛:越写越觉得世界这么黯淡，这么丑陋；人与人之间这么遥远，这么错综；自己与自己之间这么繁复，这么神秘。更致命的是，这一切的显现其实不是因为偶尔事件的改变。它们原本如此，都是基础的真实，深入骨髓。我从不否认香美甜热是另一种真实，但两相比较，显然是两种比重不同的真实。不同到如此地步：前者一砸下来，后者便会像气球一样在顷刻间爆碎。

对很多异于自己的人和物，我一向都习惯怀抱敬畏之意。这篇小说却让我明白：我的敬畏是如此敷衍。她还远不够丰富，不够细腻，不够辽阔。不然的话，这样的小说我早就该写了。而且，无论如何，我该坐着轮椅往街上转一圈。一圈下来，我相信，这个《轮椅》车胎里的气，会足一些。——也因此，我牢牢铭记着那位亲戚的叮嘱，我觉得她的话是如此意味深长，她说：小心。

乔叶《小心》
《北京文学·中篇小说月报》2005年第10期

轮椅

一

已经做好了一切准备。晏琪终于听到了敲门声。看看表,还差五分钟两点。家政公司还是很准时的。

晏琪打开门。

"是晏小姐要的钟点工吗?"女人彬彬有礼。

"是。"晏琪点点头,"请进。"

女人走进来。

"你就是晏小姐?"

"不像?"

女人笑了笑。一看就是个很利朗的女人。四十岁左右的样子。其实脸盘还可以,煞有介事的卷发显得她老了些。真是奇怪,卷发本来是让女人更妩媚的,搁在一些女人头上不知怎的就衬得她们更规整,更无趣。她穿着一件土黄色的圆领毛衫,外面罩着一件暗红色的坎肩。下面是一条牛仔裤。转眼间,她已经从包里掏出围裙和袖套武装完毕。

"需要我做什么?"她训练有素地说。

"是这样。" 晏琪看着她,"我想出门,您推着我上街买点儿东西就可以了。"

女人怔了怔:"电话里只说做家务,没说上街。"

"也没说不上街啊。上街也是家务的一种。难道叫街务不成?"晏琪说。也许认识到了晏琪比自己更有理,女人一边收拾起行头,一边嘟囔说怎么也不先打声招呼。晏琪笑笑。这女人还挺较真儿的。可怎么论得过她呢?她是干什么的?

钟点工上下打量了一下晏琪:"要不,你列个单子,我去一趟不就行了?"她嫌她麻烦。晏琪收起笑脸:"我要买的东西必须得自己试,还想透透气。你替得了吗?"她缓下口气:"我给你的报酬不会低于每小时十二,如果必要还可以加资。"钟点工的行情她了解,一般每小时十元。

女人更是缓下来,说自己也是好心,觉得她行动不方便,能省些力气就省一些,到外面挺遭罪的。晏琪待听不听地任她解释着,戴上墨镜,围上丝巾,披了披腿上的毛毯:"我们走吧。"

出了门,上了电梯,没有一个邻居。真不错。在大门口,往日熟识的保安惊异地看着她们。走过保安的视线,她迅速地把墨镜和丝巾摘下来。年轻女人,轮椅,墨镜,丝巾,这些元素凑在一起太招摇了。要不是怕人认出来,她才不会这么搞笑。

晏琪是《安城日报》的社会部编辑,兼记者。记者不一定是编辑,编辑往往兼着记者,这是业内不成文的规矩。兼虽是兼,总有主的一面。她的主要工作是编辑。一周两个版面:

社会经纬,人生方圆。各路的稿子交上来,编下去,评报栏上的差错率公布明白,扣扣工资,发发奖金,撑不着也饿不死。无非如此。去年报社和一个房地产公司合作了半年, 低价在这个小区买了一批房子给员工,晏琪赶上了,运气还不错。房子一交工,她几乎是迫不及待地从父母那里搬了出来,开始过自己的清净日子。毕业八年,有过一些感情经历,被她认为算得上正式的,是五段。其他的几次与其说是感情经历,不如说是身体经历。夹杂在这五段的空白地带,做些点缀。不作数的。五段作数的里面,有三次墙内的,两次墙外的。频率不快也不慢,正合适。最近又有一桩作数的在隐约展开。如果进展顺利,结婚也行。如果出现意外就继续单身下去。"保持未婚身份。"她常常如此对人自我调侃。这话说得好啊。一种需要保持的身份显然是让主体觉得骄傲的、珍贵的身份,她以此让人知道,三十岁并没有给她带来什么压力,她仍然很自信。"付中等体力,过上等生活,享下等情欲",李碧华的这些标准因地制宜落实到了生活在安城的她身上,基本不算太为走样。总而言之,一切还都行。

两周前发生了一件事,倒是她从没碰到过的,如果让算命的说,该是有此一劫,好在是小劫——上班间隙,她借同事的自行车去买水果,在路上被一辆摩托车给擦了一下。他们是同向,她围巾的流苏很长,要不然他是不会带到她的。

事后，他这么说。但无论如何，她倒地负伤，腿被擦伤了。受伤就是弱势，弱势就是理由。——他们的报纸就常常运用这样的逻辑。她的两只膝盖下面都立马红肿起来，很争气。同事赶来，和肇事者一起把她送到医院作了检查，上了药水，开了药，那人付了医药费，留了联系方式，两下里走开。她理直气壮地给主任请假，休息了一周，也就好了。但她不想上班，便续假。

"很严重吗？我去看看你。"主任说。

"不用不用。再休一周肯定好。"晏琪说着不由得笑起来，一派心虚。都是老江湖，主任自然清楚端倪，但也没有轻易放过她，给了她一项任务，说助残日不是快到了，报社搞了一项专题活动，叫"一米高度看安城"，有大约十名记者参加，要求他们调查一下残障人士的社会生活状况和无障碍设施的配备使用状况。前提是：所有参与者必须全程坐着轮椅。目前的晏琪参加这项活动具备天然条件，没有理由拒绝。

这不叫调查，叫体验。有点儿新意。晏琪一听就来了兴致。她问轮椅从哪里搞，主任说残联已经给他们借好了，全在报社放着，她的可以给送到家。如果有必要，还可以派一个同事负责推她上街。晏琪笑死了。无论哪个同事来推，他们都会兴高采烈。一兴高采烈就假了，就不敬业了。她说她要雇钟点工，主任说只要她写出好稿子来，钟点工的费用他负责报销。

下周一交稿。今天是周六。

这是一辆深蓝色轮椅，推起来很轻快，质地相当好，叫鱼跃牌。鱼跃，这名字充满了暗示。起这个名字的人真是天才，晏琪想。因为宽大，轮椅坐起来很舒适。扶手很低，靠背也很低，总之上身和上肢的活动余地很敞。晏琪喜欢这样。它的主人一定是个高大的男人。或许也是个壮硕的女人。但就晏琪固执的直觉，她更愿意肯定是个男人。

她又披披腿上的毛毯。之所以在腿上盖一张小毛毯，一是为了装得更像，二是为了遮住腿上的绳子。为了避免情急之下站起来露馅，她找了一根绳子，把双腿和轮椅脚架上的支柱绑在了一起。小毛毯是深红色的，例假来的时候，她常常铺在身下，用来防止渗漏。毛毯的深红和轮椅的深蓝配在一起，很是温暖和谐。找衣服她也费了一番工夫。太鲜艳了，和残疾人的身份不太相符似的。太沉重了，也不对。最后她挑了一身银灰色的运动套装，又休闲又宽松，不带立场，很中性。鞋子原本打算是运动鞋，可运动鞋运动装一身，和她拟定的身份相比，有些反讽，也有些夸张。高跟鞋当然是想都不敢想。布鞋容易露出她圆润丰满的脚踝，是鲜明的破绽。最后，她穿了一双浅蓝色的高勒儿镂花软革单靴，这双靴是小坡跟儿的，脚感舒服，最重要的是隐蔽功能绝佳。

她要把活儿做细。

做好这一切之后,她开始摇动轮椅,从这个房间摇到那个房间,等候着钟点工的来临。她发现,坐在轮椅上看自己的房间,已经有些不同了。房间高了,天花板远了。柜子很苗条,桌子却宽了。窗台上的灰尘看不见,门框比以往窄。去卫生间洗手的时候,她伸长了手臂,很吃力才取到洗手液。在镜子里,她看见自己因为努力而稍显稚气的脸,不由得笑起来。她努力做出深沉和痛苦的表情,可没用。她看见自己发亮的眼睛,仿佛婴儿坐在婴儿车里,要去外面看新鲜无比的世界。

她冲自己做个鬼脸,为自己的不入戏感到沮丧。直到钟点工进来,她才发现自己的状态开始逐步对路。

还好。

二

走了一段路,她就发现雇个钟点工太英明了。她让晏琪叫她陈姐,说她的顾客都这么叫她。陈姐的话很多,但表情很严肃。晏琪本来有些恐惧她问自己太多腿的问题,后来才发现这种担心是多余的。她根本不注意晏琪的反应,仿佛说话只是她自娱自乐的一种方式。她说米价又涨了,要是吃不起米饭,就只能喝米汤,开始喝稠的,实在不行就喝稀的。

她说昨天有人从万方立交桥上往下跳,刚好跳到一辆大卡车的车斗里。她说金水河边每天都有一个老头在那里猜谜,听说他已经记了一万两千多条谜语了。她说的,晏琪也不想搭茬儿。她的版面上整天都是这些东西。主编要求每个编辑在编版的时候,都要在各自版尾的编辑名栏里跟一句常用总结语,这总结语得既有个性又能对版面的风格有所涵盖,晏琪的总结语是:"这就是生活吗?这就是生活啊。"很多人都说她这句精彩,主任也夸说这句好像特别懂生活。

"什么叫好像?本来就是懂生活!"她呛他。

"不懂的人都爱这么说。"主任呵呵。

轮椅拐上了梅街。这是去年市政建设的最新成果,两边都是银行和证券公司,人称"财富大道"。财富大道果然气派,就连人行道都修得又宽又平,还嵌满了条状的绿化带,处处都比得过老城区的街心公园。遗憾的是陈姐的步子太快了些,像飞一样。晏琪得努力撑着扶手,上身微微前倾,才能保持住平衡。

"你急什么?"晏琪开她玩笑,"你越快不是越少挣钱吗?"

陈姐慢下来:"我以为你们都是想早回家的。"

你们?还有谁?她以前也推过别的人吗?像自己一样,坐着轮椅的人?残疾人?他们怀着自卑和难堪来到街上,又怀着更大的自卑和难堪回去？所以，他们要她快？而自己之所以想要保持欣赏风景的节奏，是不是因为可以随时从轮椅上跳下来，直直地站到地面上？换句话说，她其实只是在以健全人的心情来享受着对残疾人的服务，坐着说话腿不疼？

又走了一段，陈姐碰上了熟人，停下来和那人说了几句，那人上下打量着晏琪，陈姐马上说是自己的亲戚，帮个忙。晏琪朝那女人点点头。女人道："还挺漂亮的。"晏琪失笑：什么叫还挺漂亮？难道坐在轮椅上就不能这么漂亮？或者，她的意思是说，这么漂亮坐着轮椅有点儿可惜？

重新开步，陈姐有点儿抱歉地对晏琪解释说，她早就下岗了，但不想让人知道她干钟点工，所以很少接外面的活儿，一般只在顾客家里干。她对亲友们都说自己有固定工作。

晏琪不语。一个钟点工也有自己的虚荣。都挺不容易的。是的。是这样。

"五点半，我还有一个主顾。"许久，陈姐说，"我每天那时候赶去给他们做晚饭。"

"不会耽误你的。"晏琪说。

慢下来就可以欣赏街景。街景也因为轮椅的角度而有些异样起来。晏琪首先注意到的是垃圾桶，也许是和她的视线在同一水平线的缘故，显得比平时粗，壮，且多，一个，又一个。

树当然也变得高了,这是初夏,前一段时间又刚刚下过雨,树上全是清新的绿。安城的主要绿化树木是柳树和法国梧桐。老街的是法国梧桐,新街的是柳树。柳树枝越长越长,是需要定期修剪的,不然就会扫中行人的眼睛和衣服,尤其是骑自行车的人。晏琪的眼睛就被扫过。她还以普通市民的名义在报纸上给城建部门提出了意见,认为他们行政消极。可是,这会儿,长长的柳枝看起来漂亮极了。她伸出手,有好几条都能抚住。树干看起来也比平时亲切许多,因为手能摸到。——不会移动的物什此刻都显得很亲切。

这些变化的趋向只有一个:往日许多游刃有余的东西,现在她开始无能为力。晏琪有些忧伤。

也有越来越不亲切的,那就是走路的人们。他们比平时都有些健壮魁梧,她要仰视才能看到他们的脸。可他们没人看她。不,也有。很多。几乎人人都看了她,但却不是正常的那种看。他们的看是敷衍了事的,是因为怪而被动地看。似乎是让眼睛碰到了不舒服的光,如电焊的焊花,不能不晃一眼,却是晃一眼也就足够了。仿佛她的存在强迫了他们什么。她强迫了他们什么呢?而且,路过她身边——确切地说是椅边的时候,他们都会很自然地和她拉开一段明显的距离。这距离让她刺眼。他们怕沾染她。他们在躲避她。这绝不是因为陌生,她清楚地看到他们和别的路人挨挤而过,亲亲密密。

她的残疾不会传播人群，也不会污染空气，但显然已经证明了她的病。这不是一般的含蓄的病，是每双眼睛都能够看到的闹出体外的病。于是，在他们眼里，她还是被分了类，还是和别的路人不一样。她身体的一部分出现了重大的残缺。这残缺是如此显著，它昭示出的危机和险境让他们产生出一种几乎是出自生理本能的疏远、推挡和排斥。——几乎是一瞬间，晏琪就明白了这些。她知道，换了自己，也是一样。如果迎面过来两个人，一个正常，一个非正常。正常在左，非正常在右，那毫无疑问，她会选择和左边的人擦肩。

她忽然记起，她曾经坐过一次轮椅的。二十年前。

三

那时候，他们全家住在一栋很旧的单元楼里，是爸爸单位盖的第一批家属楼，想想有多旧。但那时有房子住也就很好了。他们住在五楼，三室一厅。一天，她和姐姐放学回家，发现凭空多出了两个人，一男一女。妈妈让她们叫姑姑和姑父。后来她们才搞清楚是爸爸的远房堂妹，来这里看病。看的是腿。不知怎的，姑父的腿突然就没力气走路了。他们跑遍了小县城，才借到一辆轮椅。姑姑一路推着他，上汽车，下汽车，上火车，下火车，来到安城。

妈妈安排他们住在客房里。所谓的客房其实是晏琪的房间，铺着一张一米三宽的木床，有客人来了就住那里。客人走了还是晏琪的。那间房的门锁是坏的。

没有电梯，上上下下的，得一堆人帮忙。大家使得吭吭哧哧，坐在轮椅里的姑父看起来很平静。他的平静让晏琪厌恶：怎么可以这样平静呢？他应该羞愧才是，何况还占了她的房间。她还厌恶邻居们的热情。见了她和姐姐，谁多多少少都要问几句的：你们的什么人？什么病？怎么得的？有没有希望治好？得花很多钱吧？她总觉得他们的热情里有一种不怀好意的瞧稀罕。可她不能对邻居们表露出她的厌恶：姑父那笨重的身躯上上下下，都得麻烦人家帮忙。父母都跟着赔上歉意和笑脸。总之，有他们在，他们全家都陷入了一种奇怪的氛围。他们都得装。父亲装豪爽，母亲装贤淑，父母之间装恩爱，她和姐姐装好孩子。他们全家对这两个人装体贴，邻居因为他们家的关系对他们两个再装照顾。

还有吃饭。六个人的圆餐桌，本来刚好够，姑父坐着轮椅，占了一个半人的位置，大家就都窄怯了。于是晏琪和姐姐就都有了借口，她们俩躲在房间里吃。直到最后一顿饭，稍微丰盛了一些，到底是小孩子，禁不住馋，她们和姑姑姑父同桌吃了唯一一次饭。晏琪决不挨着姑父坐。她觉得他身上的气息是她绝对不能忍受的。于是，那天，餐桌上的格局是这样的：姑父左边是姑姑，右边是父亲。父亲右边是母亲，母亲右边是她。她的右边是姐姐。她和姑父恰好遥遥相对。

一个坐轮椅的残疾人，染得她的世界似乎都残疾起来了。

但她不厌恶那轮椅。那是一辆很普通的黑色轮椅，大大小小两对轮子，小轮子转起来大轮子跑，一看就是个不同寻常的玩具。她相信一班同学都没玩过这个。一天晚上，姑姑和姑父早早睡了，她去房间里取新作业本，路过轮椅，摸了一下靠背，忍不住，轻轻地在上面坐了一下。轮椅微微地动了动，她吓了一跳，捂住嘴笑起来。

早上上学的路上，她把这件事炫耀着对姐姐讲了。姐姐不过比她大两岁，也嚷嚷着要坐。于是夜深之后，她们像两只小耗子一样蹑手蹑脚地起了床，偷偷地把轮椅拉到客厅里，借着夜的青光，你坐一次，我坐一次，如两个小小的鬼魅。又一次轮到她的时候，她没控制好，撞到了餐桌，把桌上的花瓶打碎了。三个大人闻声出来。父母斥责，她们哭泣。姑姑劝阻着，最后也哭了。房间里传出姑父不安的咳嗽声。她忽然明白，姑父从来就没有平静过。平静是他的一件衣裳。没有这件衣裳，他会更冷的。

过了一天，母亲和父亲大吵了一顿。因为衬衣的事。那是一件崭新的白衬衣，母亲的单位发的福利，母亲自己舍不得要，按父亲的号报了一件。父亲刚刚穿了一天，就恶狠狠地脏了一块。晏琪知道，是早上就已经脏了。抬姑父下楼的时候，蹭上去的楼道角的黑灰。母亲当时就看见的。晏琪怀疑他们早就在暗地里吵过了，这次光明正大地摆到了桌面上。所有的人都知道为什么。所有的人都心照不宣。又过了一天，姑姑和姑父从医院回来，吃晚饭的时候，姑姑漫不经心地告诉他们，等这个医院的诊断结果出来，他们就要走了。多年之后，晏琪仍记得姑姑说这些话的平静语气，一如姑父坐在轮椅上的平静神情。这提早的预告让他们有了确切的盼头。躁气渐渐地平和下来。过了几天，姑姑和姑父真的走了。走之前，姑姑买了一些糕点，用黄草纸包的那种，打着十字结，上面衬着一张喜气盈盈的红纸。姑姑挨家都送到了，那些帮忙抬过轮椅的。晏琪领着她去。送到最后，晏琪莫名其妙地难过起来。他们走是她早就盼望的事。可真走了，又不是她想象中的样子。

　　姑父和姑姑住了大约有十天。一个医院一个医院地挂号，就诊，检查，拍片，取片，等结论。几个医院跑下来，是需要这么多时间的。他们走了之后，全家如释重负。爸爸妈妈当然不吵了，安慰似的带她和姐姐上公园，还去照相馆照了一张全家照。妈妈做了最拿手的清蒸鱼。姑姑和姑父待这几天，妈妈没有买过一条鱼。

　　晏琪大学毕业那年，父母旅游途中顺便拐到学校去接她。

回来的时候,他们路过姑姑的小城,到他们家看了看。他们自然很热情。姑姑在厨房洗刚买来的葡萄,姑父灵活地在他们的平房小院里摇动着他的轮椅,一盘一盘地给他们递过去。他的脸上焕发着奕奕神采。

午饭是在离姑姑家不远的饭店里。肯定是他们能奉献的最丰盛的美味了。饭桌上,姑父大方地回忆起他们在安城的日子,从从容容地给父亲敬酒,对他们全家表示了隆重的感谢和欢迎。母亲和姑姑嘴巴贴着耳朵,私私密密地说着家长里短。晏琪早早吃完,百无聊赖地坐在饭店的大堂里。门外槐树的阴影打在巨大的玻璃窗上,又一寸一寸短去,变得微小,再微小。晏琪转过头,不再看。一切都是真的,可也还是那么假。谁喜欢阴影呢?那是彼此的耻辱和黯淡。能避开的为什么不避开?能忘却的为什么不忘却?

四

晏琪选定的第一个地点是好又多超市。这是一家中型超市,在一个比较背的巷口。她以前曾经路过,没有进去买过东西。她不想到熟悉的地方去冒被认出的危险。她想要的就是这种:一看到她,他们就觉得她坐在轮椅上已经很久了。她和轮椅已经浑然一体。

她要陈姐等在门口。有个人帮着取东西付账，此行还有什么意思？

货架之间的通道还是很宽的。她慢慢地摇进去。前两道货架都是日用百货。她一眼就看到了袜子。今年流行彩妆，袜子的颜色也很艳。粉紫淡朱，怡然悦目。她走到一个品牌专柜前，想取一双天鹅绒的长筒袜来看看，伸伸手，够不着。

她要的就是这够不着。

手怔在半空，她忽然想起，以往她是不用说话的，在哪里一站都有人主动询问：小姐，您需要什么？小姐，我可以帮助您吗？小姐，这是今年最新款的……现在，那些服务员都在忙着打发别人，那些健康的、双腿修长的女人。她坐在这里，就没人看到她吗？高度一米，就这么不容易被人发现吗？还是觉得，一个坐轮椅的女人选用长筒袜的可能性就是这么不值一理的，小？

"小姐。"她叫。

一个服务员走过来。

"请给我取这双袜子。"

"是要给别人带吗？"服务员说，"最好是请本人来看。长筒袜是需要试的。"

"我就是本人。"晏琪的语气有点儿挑衅。

女孩子看看晏琪，上上下下。——主要是下。宽容地取下来,递给她。晏琪拿在手里,索然无味地看了一眼,又递回去。

食品区。她看见了"牵手"橙汁,是含果肉的那种,看起来很有厚度。曾经的恋爱史里,她用情最深的一个男子,最喜欢喝的就是这个牌子的橙汁。

橙汁在最底层的一格。她尝试着往下弯腰,尽最大努力也没有碰到。环顾四周,有一个服务员正在货架那端,远远地看着她。年龄比刚才那个女孩子大一些。

"请帮忙。"她说。

服务员慢吞吞地走过来:"你要吗?"

"我想看看。"

"就在那儿放着。看呗。"

晏琪愤怒了。她当然要愤怒:"我想拿在手里看看。"

"到时候你带着果汁怎么摇回去啊?"

"我可以喝掉再回去。"晏琪答复的速度极其快。

"上厕所很不方便的。"

"那是我的事。"晏琪说,"我也可以不买,但我有权利拿在手里看看。"

两个人互相盯着。晏琪觉得眼睛里都快冒火了:"我要投诉你们超市。"

"那我可要吓死了。"服务员冷笑。她慢慢弯下腰,仿佛弯腰是世界上最郑重的事,然后她把果汁递给晏琪,完全是大人不计小人过的做派。

"脾气太烈对身体是没好处的。"她又说，然后转身离开了。

晏琪拿着那瓶果汁气得发抖。她不会买的。她实现了她的目的：拿在手里看看。同时她还收获了携带不便、上厕所不便、发脾气对身体不好等诸多提醒。她真没想到会遇上这么鲜明的轻视：轻视她的尊严，她的需要，她的骄傲。她真想站起来，走到那个服务员面前，拿着橙汁甩到她的脸上。

这幻想的情形让她笑了。她的笑容被服务员看在眼里。——她一直都在盯着晏琪。她马上也露出一个笑容。晏琪读懂了她笑里的两个字：有病。

正如无法把橙汁取出一样，晏琪也知道自己无法把橙汁放回原位。她把手靠近地面，咚的一声丢了下去。

摇出超市，陈姐不知到哪里去了。晏琪一个人待在廊上。廊下是台阶，虽然台阶中间有斜面，可她还是想等等陈姐。她怕控制得不好。如果失手就太丢脸了。

一个男人也从超市里走出来。高大的身材有些佝偻。他和她并排站在廊上，互相看了一眼，面容有些熟悉。于是互相又看一眼，晏琪想起来了。他是她姐姐的同学，追过她，在她上高中的时候。他考上大学两年了，她还在读高三。他拼命地给她写信，说她是天使，是他全部的希望，是他此生不渝的女神。每封信她都读了，但没有回过一封。后来他的信越来越少，直至没有。她还留着那些信。这些话她更是清楚地记得，因为这些话与她有关。

他的目光也停在她的脸上，游开，又停住。他有些专注地看着她。他们已经十几年没见了。

"小琪吗？"他犹疑地叫道。

晏琪笑笑。他的名字，她忘掉了。他还记得她的名字，让她有点儿赢了什么的喜悦。

"你的……是腿吗？"

晏琪点头。她怕自己笑出来，连忙垂下眼睛，看着脚尖。她的神情很落魄吧？

"怎么成这样的？"他问。

"车祸。"

"什么时候？"

"最近。"

"没什么大问题吧？"

"还能多大？"

他严肃而焦虑的神情让她也不由得端庄起来。有一个瞬间，她想告诉他真相，但下一个瞬间，她便改了主意。

"你……结婚了吗？"男人更加犹疑。对于一个坐着轮椅的姑娘,这是个值得犹疑的问题。

"谁要我啊?" 这次,晏琪本想是笑着说的,但没能笑出来。

"听说你在报社工作……"

"休息了。"这个样子,能不休息吗?单看去,句句是实话,连在一起,却是一篇隐秘的谎言。晏琪知道,在这里,无须多话,他会主动把休息理解成下岗或其他。

男人沉默。

"你怎么样?"晏琪问。

"可以。"男人说。晏琪在一本杂志上看过一篇名为《深层话语》的文章,其中有一段大意是说,女人面对异性总要夸张幸福,男人面对异性总要夸张不幸,所以,男人说很不好,其实就是凑合。说凑合,就是可以。说可以,就是不错。女人则相反。

这么说,他过得不错。

"我现在在外贸局。我爱人在工商局,孩子在市直幼儿园上大班。他们还在里面,一会儿就出来了。"他一口气不停地汇报着自己的家庭,仿佛怕被什么卡住。一缕缕清亮的光从他的眼角流出来,散到空气中。看得出,他无法掩饰自己的满足,——还有庆幸:幸亏当初被拒绝了。幸亏后来没再写信。幸亏没和你成一家。幸亏,幸亏,幸亏啊幸亏。

晏琪的心一点点地沉下去，沉下去。她用目光搜索着陈姐，每一分钟都是煎熬。你再不出现我就扣你工资，她暗暗说。

"爸爸！"一个小男孩拿着一包果冻跑出来，身后跟着一个微微发福的女人。女人很白皙，白皙得有点儿冷。男人把晏琪和他们做了互相介绍，看着晏琪，女人的脸呈现出了明显的解冻。

"应该多出来晒晒太阳。"她说。她看着晏琪，几乎都有些温情流溢了。如果在她的目光里看到一些敌意，晏琪或许还会高兴一些。可是没有。她不值得她有敌意。晏琪觉得自己的血全部挤压到了胸部，和腿正在一点点地断流。一时间，他们都沉默着。孩子适时地打断了沉默，他很快对轮椅产生了兴趣。"你的车不错。"他说。然后他努力地推着晏琪，居然没成功。他越推越有劲，额头上沁出了密密的汗珠，直到夫妇二人异口同声地对他呵斥起来。

"我在帮助残疾人！"他大声说。夫妇二人又略含愧疚地看看晏琪，仿佛她是个玻璃娃娃，孩子的话能把她敲碎。

"谢谢你。" 晏琪笑着对孩子说。

陈姐终于从超市走了出来，站到轮椅背后。她把轮椅推到斜面那里，轻轻地放下去。男人在一边扎煞着双手，似乎想要帮忙，又不知从何帮起。有那么片刻，他抓住了轮椅的扶手，几乎触到了晏琪的腕。他很快往旁边偏了偏。他怕碰到什么？晏琪想起自己和姑父在餐桌上遥遥相对的情形，也想起了姑父曾经睡过的那张床。他们走后，她好久都不想回到那张床上去睡，只和姐姐挤在一起。母亲把那床铺盖晒了又晒，她还是不回去。姐姐烦她，总是最大程度地舒展着胳膊腿儿，让她觉得自己随时会掉到床沿下。可为了躲开那张床，寄人篱下的气她愿意受。末了母亲还是给她换了另一套被褥。她终于回去了。晚上，她猫一样在床上嗅来嗅去，似乎姑父的气息会嵌刻在床板里，不走，不走。

她也想起男人给她写的信，其中一句是：多想握握你的小手，你玉一般可爱的小手。

晏琪对自己笑笑。如此赞美过她小手的，不止这一个男人。男人们赞美过的，当然也不止她身体的这一个部分。

五

一个女孩穿着无袖的绿背心，加一条收身的七分裤，一双白色的拖鞋，抢在晏琪面前冲进"新大新"，背上一摞眼珠子，有男人的，也有女人的。有些女孩就是这样，仗着年轻，永远比别人要早一季，她们已经迫不及待地用最新的时装把自己装点起来，到外面去秀一把，享受享受被关注的感觉。

晏琪盯着绿衣女孩的背影消失在人流中。她也这样过。

现在，她已经过了这样的年龄了。那个女孩子也会过这样的年龄。上天给谁的都不会太多，也不会太少。——这么自我安慰的时候，她才感觉到，自己的心里有着一种多么强烈的不平衡感。今天，她被忽略和委屈得太多了。

"新大新"品牌折扣店其实一点儿也不折扣，打折扣的都是没人买的过时货。那里装修的主色调是深咖啡色，很压抑，空气流通也不好，晏琪很少去那里逛。今天，陌生是第一条件。这里便成为她选定的又一目标。

陈姐照例在门口等。晏琪先在一楼逛了一圈，全都是化妆品：欧莱雅，玉兰油，羽西，资生堂……没有一家招呼她。当她靠着玻璃柜台久久沉默，才会听到职业性的问候："小姐，您需要什么？"

她需要躲避。刚刚，她看见了他。他回来了。他们的报纸做过一项无聊的统计：星期六去商场，碰到一个熟人的概率是百分之百，碰到两个的概率是百分之八十，碰到三个的概率是百分之五十五。现在看来也不纯是无稽之谈。

他是她很有发展前途的男友。她也是他很有发展前途的女友。郎情妾意，都已经有了茁壮的苗头。他人长得很清爽，个子一米七八，也很清爽。在一家广告公司做总策划，和报社经常打交道，一来二去就认识了。后来他开始约她。他很聪明，也很中肯——最起码看起来是这样。他们喝过两次咖啡，打过一次网球。一个星期天,他陪她去买书,出来的时候下雨了,他们拿着百货公司免费提供的雨伞在一起散步,他差点儿吻到她。他们之间,就差一个人开口了。当然,也都不急。这么扯落着,也蛮有情调。——而且,万一碰到了更好的呢?随时都可以抽刀断水,两不相妨。

前一段时间他去外地进修,算日子是该回来了。应该是昨天深夜,或者是今天上午才到。还没来得及给她打电话。她眼看他上了阶梯电梯,先是二楼,然后三楼。三楼是运动休闲装和一些女士用品专柜。他来给她买礼物了吗?她的心里一阵甜蜜。

对于男女之事,晏琪一向觉得自己还是比较明了的。既是明了就能知进退之度,在享受身体的同时便尽可以收放自如。身体是一艘船,理性是舵。把好了舵,舵就可以休息一阵。至于船,只要大路不错,怎么开都是可以的。

"牵手"是晏琪的第二个男人。第一个男人是她的大学同学。七月毕业,八月一些素日交好的同学便乘着余温再聚首,这家串来,那家串去,很是疯狂了一段时间。那个男孩子一直很喜欢她,她知道。由他的喜欢,她也被孵出了那么一些喜欢,但总是觉得没到给他身体的份儿上。现在毕业分配的结果已经出来,他和她南辕北辙。这次分别之后,此生大约是见不了几次了。她回报似的，把身体给了他。

后来想想，其实也是回报自己。似乎冥冥之中她已经预感到，以后是不会再有这么纯粹的、公平的给予了。

他们是在同学家的茶林里。典型的南方山村，很浅的山。曲线很悠的梯田，满山茶青的香气，星星很亮。旁边有几棵香蕉树。他折了几片大大的香蕉叶放在茶树的垄间。躺倒的时候，压得香蕉叶咯吱咯吱响。腿边一些小草，毛茸茸，尖糙糙，触得她全身都有点痒痒的感觉。身边探出一朵小小的白色茶花，她折下来，他接过去，一路让花伴着唇，共同亲吻她的身体。有受惊的小鸟飞来飞去，树枝微微荡漾的声音……他呓语着，说她是他的仙女，她是他的仙境。她调皮地问：是仙境还是陷阱？他说是仙境的陷阱，陷阱的仙境。呵，湿润，流津，蜜语，甜誓，初夜是该有这些的，这浪漫的情境是配得上她的初夜的。

那个夜晚如果称之爱情，想想也是说得过去的。

爱情的初乳挤出去，最丰沛的汁液便是给了"牵手"。"牵手"四十多岁，快四个本命年了，看着也不过三十尾巴四十出头的样子。他是另一个城市日报的老总，也是一方诸侯的人物。《安城日报》的人请他们过来进行过一次联谊，他一直不苟言笑，气氛微微有些尴尬。这边老总暗示《安城日报》的女编辑轮流请他跳舞。到晏琪的时候，他的表情在呆板上又加了些紧张。晏琪知道是自己裙子的缘故。她的裙子料很光滑,不太好捕捉。在她背上放着放着,他的手就下滑了。晏琪就给他讲了一个非常合适此时此地的笑话:一个男人请一个女人跳舞,放在背上的手总是往下滑。女人就问:先生,你怎么回事?

他看着晏琪,孩子般地睁大双眼,舞步都快停下来了。

男人说:对不起,小姐。晏琪故意顿顿:我的这只胳膊是假肢。

他哈哈大笑。一舞厅的人都看着他们。

"以后,你可以用这句话对付女孩子。"晏琪靠近他的耳边,"不过不要让你的假肢出太多汗。"

没过多久,他在北戴河组织了一个业务会议,请安城这边去几个人,邀请名单里有晏琪。晏琪知道会有自己。

北戴河的海滨夜晚是静谧的。人很多,不过再多也长不过海岸线。他和她在一个几乎是无人的海滩散步。租了一个帐篷,在帐篷里听海。多傻,两个人在帐篷里听海。都知道不是为了听海。

她几乎沉迷。他也被她的沉迷拽着往下走。她甚至为他怀过一个孩子,后来自然是流产了,如他们的爱。但还是不一样,有过这么一个非成品的孩子,总算也是一份血肉关联的记忆。他们是成不了的。她早就知道。他也知道。他们的爱是一件大大的披肩，纯毛制品，质地优良。然而，披肩也还是披肩。他们也都知道彼此的知道。于是，分手也便分得漂亮。他遵循了女士优先，给足了她拒绝的快感。她也保持了守口如瓶，把缄默打包成一份厚礼。

上了三楼的这个他，性格挺好。有些必需的世故，残留着可喜的腼腆和单纯。身胚子看起来也还不错。体形是很正规的倒三角，喜欢运动，肌肉结实。

他的身体。晏琪皱皱鼻头。随着对他身体的想象，她的双腿之间已经有些温热了。她收收小腹，不得不承认，身体从来就是最诚实的。

她打算只在二楼转一转就离开。不能让他碰到她。在这个时候。

六

晏琪来到阶梯电梯口。这是个问题，她上不了这个。她问旁边推销鞋油的男孩子可否找两个人帮助她走楼道，男孩子指着一个方向："那边有观光电梯。"

她忘了，是有观光电梯。这辆轮椅让她都有些恍惚了。观光电梯在东北角，她慢慢地摇向那里。突然，轮椅轻快起来，轻快地让她有些慌张。她回头,看见了一盒鞋油。是那个男孩子,男孩子却不看她。他把她推到电梯前,问她到几楼,按了电钮,把她送进去。她隔着电梯的缝隙看着他的背影,浅蓝色的套装,多干净的颜色啊。

她说了感谢,他没回应。——也许是没听见。他根本没指望她的感谢。他的态度纯粹是施舍。他毫不掩饰他的施舍。她恨起他来。

她来到"桑田布衣"的专柜前,这是一家来自深圳的服装品牌。她以前买过一件这个牌子的风衣。看中了一条裙子,她要求试衣。售货员打量着她,把裙子从架上取下。一个这样的女人还要穿裙子?她一定这么想。

试衣间的门刚刚卡住轮椅。晏琪退回来。

"要不,我再给您找一个试衣间?"售货员说。

"好。"晏琪一口答应。她有多少诚意?她要看看。

一会儿,售货员过来,把她推到另一家专柜的试衣间,这次正好。她刚想卡上插销,听见售货员轻轻敲门,她错开一条缝,看到售货员温柔地笑:"要我帮忙吗?"

售货员的眼睛是冷的,笑却温柔。售货员想帮忙还是想看看她的腿?这是个值得怀疑的问题。这种怀疑让她产生了厌恶。她毫不客气地关上门,方才说:"谢谢,不用。"

掀开毛毯,她盯着自己的腿。她小腿的曲线简洁,肤色亮白，非常适合穿齐膝的短裙，且是裸穿。报社十几个女编辑女记者，她一一比过，都没有她的小腿好看。她把绳子解开，穿上，摇出去。售货员吃惊地盯着她。她肯定没想到她会这么快。

晏琪抬起脚，伸出左腿。她要收回更多的吃惊。她在穿衣镜前转着，调皮地、顽劣地朝镜子探着左脚和左腿，仿佛要把镜子踢破。

"您，是右腿的问题吗？"售货员终于说。

晏琪失笑。是，自己一定是有问题的。自己必须有问题。如果她探出右脚，她会猜测她的大腿有问题，或者臀部，或者腰，或者脊椎。如果她站起来走两步，那更严重：她的脑子有问题。

"是。"晏琪说，"右腿。"

晏琪试了三个颜色，要了一套玫红的。她没有玫红色的裙子。以前她总是觉得这种颜色太酸。但今天，她不。当然，价格是很贵的。可贵算什么？

她摇到睡衣区。一眼就看到了一位大学同学，女同学。在安城，他们这一届共有四个。两个女生，两个男生。他们读的系都不一样，上学时来往还多些，工作之后就越来越少。晏琪已经至少两年没见过她了。以前她是中间凹两边凸，现在是中间凸两边凹，比上学时至少多了一半体积，肯定是已经做了妈妈。晏琪记得,她特别爱哭,不为个什么事就能痛哭一场,属于一开口就是"春天的第一片树叶""秋天的第一片落叶""冬天的第一片雪花""夏天的第一缕阳光""早晨的第一滴露珠"的那种,外号就叫"第一"。

晏琪想躲过去。不仅仅是因为轮椅。她已经有过多次教训:如果本来就交情平平,那么作为一个未婚者,和结了婚尤其是有了孩子的同学最好还是少有瓜葛。他们都是浑水。不蹚他们的浑水就省得男生和你暧昧,女生和你唠叨,他们烦恼了你多点儿负担,他们幸福了你心里泛酸。可"第一"像背后长了眼睛似的,一回头就看见了她,惊叫一声,着急忙慌地闯过氤氲陆离的睡衣,来到她的身边。还没说话,泪就掉下来。

"你怎么成这样了?你?""第一"几乎是生气地叫道。好像晏琪变成现在这个样子,最对不起的人就是她。她的泪把晏琪的泪也带了出来。然后两个人都不好意思地擦擦眼泪。周围很静,几个人心不在焉地摩挲着手中的睡衣。晏琪知道,他们都在用目光悄悄地围观她们。

"不过,你看起来还是不错的。""第一"安慰着又说。

全乱了,今天。从来没指望会有人主动说:我能帮您什么吗?但现在这样,也绝不是晏琪想要的。从率真的冷漠直接上升到这么高温的同情,如此稀里哗啦表演似的相逢,她不想要。她也恨自己的没出息。哭什么哭？好像真的是个残疾人似的。犯不着。"第一"犯不着。她更犯不着。退一步说，就是真的成了残疾人，哭有什么用？

如预料的那样，"第一"一边怜惜地侍弄着晏琪的头发，一边小心地，体贴地，略带羞愧地，又忍不住得意地开始讲述自己的孩子、老公。接下来肯定要讲到她的婆婆、公公。如果有小姑子、小叔子，那也在排着队等了。回到家，她也会把晏琪的事讲在餐桌上，来比照自己的美满。自己的残缺能支撑她高兴几天？

不远处又是一面镜子，晏琪看见自己狼藉的脸。精心化的淡妆被泪水一下子现形，明一块，暗一块，如落过微雨的地面，印迹斑斑。眼线也散了，墨墨地贴在睫毛周围，使眼睛显得幽暗落魄。头发乱得毫无章法，还有身上的运动装，现在看起来犯点儿肮脏的死黑气。毛毯的颜色已经有点儿像例假时的血。在混合杂糅的灯光下，轮椅的蓝也显得暧昧不明。她从没有像现在这样接近于一个中年妇女。她刚刚才满三十岁。

她从没有这么狼狈过。从没有。她终于把自己搞成了这样，比谁都不如。她忽然觉得浑身的血都热极了，像烧开的水，滚烫滚烫，顶着她的皮肤咕咚咕咚作响。她兴奋起来。她要给人看看自己这个模样，给他，给原本最不想被看到的那个人。

晏琪知道自己是有些疯了。

"我上卫生间。"她对"第一"说。她丢下她,直把自己摇向东北角。在那里,观光电梯如一只银灰的箱子,它在等她。

七

他正在看一套情侣运动套装。海水蓝的色调,领子和袖口镶着些象牙白。打网球的时候,她说过她喜欢这种色调的运动装,可以伪装一下学生时代的清纯风格。他记得多清楚。他手里还拎着一包心形盒装的德芙巧克力。她说过她喜欢这个牌子。是给她的吗?

在这温柔涌动的一瞬间,晏琪几乎都想回去了。杜十娘怒沉百宝箱,给李甲难堪,也是不给自己台阶下。有多少人经得起那种历练?就像今天,她对他所做的一样。或许,她比杜十娘更傻。杜十娘是在真实的真相中把一切毁掉,而她是在虚拟的真相中把一切毁掉。但或者,也许根本用不着她动手,一切就已经毁掉了。——所以,她不容许自己的犹豫。她摇着轮椅,拨开重重叠叠的衣服,向着他,轰隆隆、轰隆隆地碾过来。

"嗨。"

"嗨。"他下意识地回应。然后,当然是呆住了。他手里的衣服落下来,售货员捡起,重新上架。地面洁净无尘,连拍都不用的。

她在短信里曾对他说自己微恙。这期间他们一直靠短信联系。电话也不是不可以,只是都是搞文字的,短信言简意赅,更有意思些。现在,她在他的面前坐着轮椅。这就是微恙?

"回来了?"

"昨天晚上。"他咽咽口水,或者唾沫,"太晚了,没给你打电话。"

"买运动装?"

"随便看看。"

当然是得这么说。随便看看。她看着他笑。刚才哭,现在笑,要多难看就多难看。可她就是笑。此时不笑何时笑?

"这是怎么了?"他终于说。

"车祸。"

他沉默。他的学习期是一个月。一个月是可以发生很多事情的。他心里会有些疼吗?为她?车祸,这个她一向以为离自己很远的词,从口中吐出来,毫不吝惜地、气势磅礴地喷向他。他受得住吗?

"短信里怎么没说?"当然,他当然受得住。是她的车祸,又不是他的。她和他,说到底有什么关系?

"怕你不放心。"她进攻。明知道他不堪一击。她真是疯了。

"严重吗？"他躲过去，用严重程度决定他下一步的措施吗？如果有得救，那么表表忠心倒也算是一段佳话。

"就是这样。"只要有眼睛，都该看到。

"噢。"

噢。什么意思？明白了？知道了？确定了？左不过是这几样。无论是什么，晏琪都知道，这噢是他的，与她无关。有什么东西，已经死了。他理想的生活绝不是站在轮椅后面。他和她不再是一米七八和一米六五的佳配，现在，他比她足足高出八十厘米。

他突然笑了："不是报社搞什么活动吧？让你们体验生活？"

太精了。她打个寒噤，泪突然迸了出来："什么事都可以开玩笑的吗？"

他再也不说话了。她忽然想起，一次，他们去一家名叫"新罗宫"的韩国餐厅吃石锅拌饭和韩国冷面，她说要学会给他做韩国酱汤，他说她做的无论什么汤其实都只有一个名字：迷魂汤。她说既然能分辨出迷魂汤，那就证明还没被迷魂。他说最高层次的迷魂汤就是明知道是迷魂汤也要不由自主地喝下去。

她又想起他们之间的短信，他给她发的诗一样的短信：

夜太长了，浪费了可惜，该做点什么，于是就想你。

谢谢。

你想我吗？

…………

不想没关系，我知道你忙。不过请求你，允许我在想你的同时，也替你想想我。

他就是这么会说话，会调情。但是现在，他哑了。琳琅满目的情侣套装间，他们都这么待着，静静的。情侣套装，多么温馨性感的服饰。他们在这里兵戈相对。本来，这相对有可能是床笫上的。从床滚落到地面，原来根本没有多远。

"没想到。"他先开口，开口意味着收口，"再看看吧，或许还有希望。我知道有两个医生……"

"就这样了。"她不给他留任何余地，也不给自己留。她承认自己是一个傻瓜。

"需要帮助的话，给我打电话。"

"不需要。"晏琪微微笑着，"不需要。"

他仓仓皇皇，大败而去，连德芙都忘了拿。售货小姐叫住她，请她给朋友带回去，晏琪淡淡道："他不是我的朋友。我不知道他叫什么名字，也不知道他住在哪里。"下一句她没说。她知道他会回来拿的，或者明天，或者后天，或者就在她离去的下一刻。德芙巧克力是很贵的，他可以用来讨好下一个女人。

他会从报社别的熟人那里打听到真相。但他和她，再不会有什么关系了。当然也不会太僵。晏琪可以想象得到他会用什么样的话来下台阶："晏琪你个鬼丫头，能考北京电影学院了。装得那么像，害我一宿没睡好！"晏琪预备答他："哭湿了一只枕头，还是两只？"

他败了。今天。然而这只是表面。她知道，实际上败的，是她。从她到他面前的第一个瞬间，她就已经败了。那么多任男友，无论是上过床的还是没上过床的，有妇之夫还是无妇之夫，全是她先说的分手。有的确实是她先斩为快，有的则是对方。但她的敏感是超一流的，可以嗅到对方出剑之前的第一缕气息。这缕气息从男人的鼻孔一溜出来，她就迫不及待地，斩钉截铁地，先说了。她宁可让对方说她狠。狠就是酷。这是一个酷时代。她只可以酷别人，决不允许别人酷自己。决不。男女之间的事情永远都是跷跷板，间或有一些平衡，那便是鱼水相偕，琴瑟恩爱。其余的便全是你上来，我下去；我上去，你下来。

刚才，她说的话是上来的话，底儿却是下来的底儿。他也才三十岁。女人的三十岁原本就不如男人的，现在更是打了折。如海报栏里所写的那样："本店全部商品打折，二折起。"——她就是那二折。后面的"起"字,和她是没有关系的。由站到坐,她的一切,都跟着身体打了折。

可他终究还是笨蛋。他不知道自己有多瞎眼。他看不出来她和一般的轮椅人不一样?看不出她比他们漂亮得多?她突然想起了姑父。她迟早会变成那样的,如一截枯木。——在他眼里。

他一下子就把她看到了死。

原以为还过得去的人生,从一米看去,全变了样。一切不过如此。晏琪有些冷了。或许是这里太阴森的缘故。她摇动轮椅,一路穿过去,鞋子,袜子,长裤,短裙,胸罩……都和她没关系了。那美好的,琐碎的,华丽的,一切。或者,钻牛角尖去想,也有关系。但是是变了形的关系。它们全在对她居高临下。她开始对不起它们。她欠了它们漂亮和风光。

摇啊摇,她摇出"新大新"。以后,她再不随便用足作偏旁的任何字:跑,跳,踩,趴,踢,蹦,蹬,踱,跺,跪,跟,踹,蹑,蹈,跌。她发誓。"新大新"隔壁是"百盛","百盛"前面是一个喷泉。她摇到喷泉边,离得不能再近。可她看不见自己的脸。她只看见她的脚尖和轮椅的脚踏板。她的脚掌蜷缩在脚踏板里面。

八

不知道什么时候,一个人也来到了喷泉边。从侧面的阴影,晏琪可以感觉得到:他和她一样,摇着轮椅。现在,对于轮椅的气息,她已经很熟悉了。

她没有回头。今天,一路上,她已经见过两个坐轮椅的人。一个是男的,老头儿,裹着灰嗒嗒的夹克,鸭舌帽,帽圈周围一道黑腻。他根本不看她,被人推着,和她擦椅而过。第二个是女人,胖胖的,红毛衣,头发捋得光光的,不时和后面推车的人说着什么,哈哈大笑,笑得十分精到和圆融。这些坐轮椅的人,个个都让她失望。正如轮椅之外的人,也个个让她失望。

"姑娘,多久了?"

晏琪转过头。是个老太太。她坐的是一辆深绿色的轮椅,上面搭着一块轮椅桌,就是有点儿像公安机关审犯人时让犯人坐的那种桌。桌上放着一本书。她慈祥的目光让晏琪的眼圈一下子就红了。

"不久。"她说。

"看得出来。"

看得出什么?她身上还残留的太多的锐气?太强的不认命的那股子劲儿?或者太激烈的愤世嫉俗,太浓厚的气急败坏?

"时间长了,就好了。"老太太说,"你的轮椅质量不错。就是有点儿大了。大轮椅在家舒服,出外就费力。是接别人的茬吧?"

她的评价很专业。晏琪笑了:"你的看起来也不错。"

老太太打开了话匣子,开始讲述她的历史。她的娘家在安城郊区,四十四岁那年,她骑自行车回娘家给母亲过生日,返回安城的路上,遇到了一辆满载煤炭的双斗卡车。司机喝多了酒,轻轻地朝她撞过去,平平地把她碾成了路的一部分。等她醒来,医生告诉她:"知道张海迪吗?你要好好地向她学习啊。"

她不是张海迪。她没有轮椅。肇事司机成功逃逸,家里的所有财产能救她半条命就已经很了不起了。儿子还在读大学,丈夫已经竭尽全力,她不能太苛刻他们。整整十年,她都待在家里的床上,吃喝拉撒。她说如果她的眼睛是激光,她家的天花板肯定都被她看出无数个洞来了。她说,那时候,她常常想,要是有一天能坐在轮椅上,被老伴儿或者儿子推着上一趟大街,该是多么幸福的事啊。到了那天,她要和所有碰到的人打招呼!

这么说,她已经是个幸福的人了。从一个坐轮椅的人嘴里,听到了幸福。晏琪看着这个老太太。她觉得她似乎是不真实的。

老太太接着说,儿子给她买了电脑,她在家里常常上网。

网上有一个"另类行走"的论坛，是几个坐轮椅的人专为同道开办的。她问晏琪上过吗，晏琪摇头。她说论坛有一万多名注册会员，经常发布很多消息。他们成功地举办过轮椅歌咏大赛、交谊舞大赛和国标舞大赛。她还是省里轮椅协会的会员。去年，世界轮椅基金会来中国捐赠轮椅，到省城这站的时候，她参加了那次接见外宾的活动，还和好几个老外合了影呢。

老太太兴致勃勃地讲着，有几滴唾沫飞到晏琪脸上，晏琪忍着没擦。

"您怎么不进去逛逛？"趁她"演讲"的间隙，晏琪问。

"不去。没必要。也不需要什么。"她没有方才那样自在了，"他们会看着给我买的。回家试着方便。要是不合适，拿着发票再跑一趟就是了。"

原来她也知道自己是卑微的。她知道自己对别人的沉重。她多知趣，多识相。如果老太太一直没有轮椅呢？如果她儿子或者丈夫也病了呢？甚或是丈夫和儿子都病了呢？她还会觉得幸福吗？晏琪忽然想。她确定她不会。他们一丁点儿的变化都可能让她的幸福地震。——最致命的破绽是：如果幸福的话，她也不需要这样对人宣讲她的幸福。宣讲的人，往往是为了让自己倾听。之所以想让自己倾听，是因为这声音还不够强大。

她的幸福是别人的幸福里榨剩的渣子，多么脆弱。她不能让晏琪信服。是的，是这样。一如现在，对于自己的一切的好，乃至对于别人的一切的好，晏琪亦是同样地不能信服。

一个男人从"百盛"出来，两手空空，来推老太太。他两鬓斑白，估计是她的丈夫。和她告别之后，陈姐从一个地方适时地冒出来，推着晏琪离开喷泉。离开喷泉很长一段路了，她才想起问："我们去哪儿？"

晏琪看看表。现在是五点五分。已经三个多小时了。

"你回去吧。"她说。

"那你怎么办？"陈姐显然很吃惊。

"我有办法。"

"什么办法？"

"我一个人慢慢回去。"

"那怎么行！"陈姐坚决不同意，说她要是能行当初就不会找小时工了。她说就是耽误那家老主顾的晚饭也得把晏琪送回家。晏琪百般劝她，就差把毯子拿下来对她说明真相了。但她还是忍住了。她没想到陈姐会这么坚决，陈姐的坚决让她感动。——不是因为工资的关系吧？她没想到，今天她见的第一个人，才是让她唯一觉得舒服的人。她甚至有些喜欢这个女人了。这几个小时里，晏琪要她怎样她就怎样，基本上没有打乱她什么安排,也从不问她的腿、她的病。陈姐不愚蠢。

两个人争辩了五分钟,最后达成协议:陈姐把晏琪送到公交车站牌下,打上车或者坐上车后,她们分手。

她们来到不远处的公交站牌下,打车。

唰,过来一辆115。唰,过来一辆223。唰,过来一辆312,可没有一辆招呼她们上去。似乎公认她们不是这个领域的人。

唰,过来一辆918。

"陈姐,问问司机。"晏琪说。918上有无障碍上下车装置,是票价最贵的空调车。其实她根本不抱希望,不过试试还是要试试的,反正今天就是自取其辱的一天。

司机说不行。司机说车上是有什么无障碍设施,可他从没有用过。他演示性地按着某些按钮,车门没有任何反应,然后司机无辜地看着晏琪,仿佛车门那里会出现一个所谓的斜面,只是一种优美的传说。

晏琪问可不可以帮忙抬她上去,到时候再把她抬下来。司机笑了,说如果这辆车只有她一个乘客的话,他可以为她提供专门服务。这辆车上是只有她一个乘客吗?不是。所以他不能为她提供专门服务。

"走吧。"车上有人催了。

"你该打个车。"司机最后说。

她当然知道,她这样不方便的人,应该打车。想上公交只能给更多的人找麻烦。打车当然应该有钱。没钱就不要这么麻烦。没钱还找麻烦就是耻辱,难堪,受罪。总之,决不能变成这样,变成这样就是失败。也决不能变成这样还没有钱,这是进一步的失败。既残又穷还把自己的孤单可怜这样裸呈到众人面前,——像她这样,当然是更不能原谅的失败。挨了一下午,她得到的结论就是这种枯竭的真理吗?这些可笑的、狭隘的、俗气的结论,是她想要的吗?那些看得见摸不着的歧视,动物皮毛般发光的优越感,都让她恶心。平常时的自己,二十年前的自己,也让她恶心。这是最彻底的失败吧?跨越了那么长久的光阴,所得到的,最锐利的,报应般的失败。

又一辆公交车靠站,车里的乘客木呆呆地向外看着,目光都要在晏琪的身上落一落。有个男人低声唱:"妹妹你大胆地往前走……"

很多人都笑了。车里的,车外的,他们都看着晏琪,看她什么反应。

晏琪没有反应。她也笑过。一次和同事们聊天,偶尔说起一个残疾人。那个残疾人从大腿处下面就没有了,"像一截木桩子",同事形容。他妻子没有和他离婚,在同情和赞誉中尽职尽责地照顾着他。"她抱着他可容易了。就那么俩胳膊一搂，一放，他就站轮椅上了。"

听到这里，他们都笑了。她喜欢木偶戏。同事描述出的情形有点儿木偶戏的味道。于是她笑得尤其厉害。

大兴，家和，昌茂，国泰……陈姐的手像假交警一样伸着，一辆出租车也没有停下。想把钱花出去也不是件容易的事。拉别的客人一样赚钱，还少麻烦。

再有五分钟就五点半了。陈姐不住地看着表，神情焦急。两个女孩子举着煎饼果子走过去，散发出一阵诱人的香味。

晏琪决定让她回去。她掀开毛毯，拿出坤包，先假装打了个电话，让朋友过来接她，然后点出五十块钱。陈姐要找，晏琪的表情自杀般决绝。陈姐装起钱，终是有些踌躇："要不，还是等你朋友来我再回去吧？"

晏琪直接向她挥手再见。陈姐匆忙跳上了一辆公共汽车，从车窗里使劲地朝她挥挥手。

九

现在，只剩下她一个人在大街上了。周围仍是熙熙攘攘的人群，但在日光中，已然一点点静下来，静下来。晏琪坐在轮椅上，用指甲一道道地抠着那蓝。夜幕一样的蓝，蓝得很幽,很凉。她又想到了它的主人。坐着这个轮椅的,到底是怎样一个男人呢?轮椅被借出去的这几天,他大约只能躺在床上了吧?他会想念他的轮椅吗?

晏琪又想起远在小城的姑父。姑父的夜晚,到底是怎么过来的?那次,他们从小城回来,母亲告诉晏琪,说姑姑半夜醒来,经常发现姑父睁着眼睛。所有的人都在睡觉,他一个人睁着眼睛。这情形晏琪无法想象。如果一定要想象,晏琪知道自己倒是有那么一个夜晚。那天,她和一堆朋友出去泡吧,凌晨一点才回来。睡了一觉,做了个梦,梦见自己一丝不挂地泡在水里,却不会呼吸。她正在无望地沉下去,沉下去,然后她大汗淋漓地醒来,失眠了。她从未失过眠,那是第一次。夜静得可怕,任何声响都收拢入耳。她不知天高地厚地扯开窗帘,惊呆了。一切都是那么安宁,肃穆。树木如雕塑,一栋接一栋的楼体上,涂满了夜的清辉。微弱的车流仿佛是从很远很远的地方传过来,只是为了衬托这静。一切都是等待中的样子,似乎是在预备神仙来临。

那一夜,晏琪明白了:如果说白天是属于人的,那么夜晚就是属于神的。人是喧闹,是话语,是柴米油盐;神是沉默,是深重,是广博无声。作为人,她从来不惧怕白天,夜晚却是值得惧怕的。因为那个夜晚,她感觉到了神的引领,引领的地方是那个最黑的字:死。

是的，死。那个夜晚的静，接近于死。

姑父的夜晚就是这样的吧。谁也帮不了他，即使是躺在他身边的妻子，也只能是做了最浮层的事情之后，就任他去。而在他死后，她能给他的只怕亦是两个字：也好。他知道这些。于是他就一夜一夜地睁着眼睛，以比谁都更清楚的程度，一夜一夜地感知着死。由他身体的一部分开始，由他失去的，让他变残的那部分身体开始，他就已经感知到什么是死了。他就这么有标志性地向死亡靠近着，比谁都懂得。

原来，自己一直都是厌弃自己的身体的。晏琪忽然懂得了。从二十年前，看到姑父的一刹那，她对自己的厌弃就开始扎根了。多么不堪。人的身体不仅要吃喝拉撒，还要病残老死。所有的丑态和洋相都是从这里开始的，还有欲望。可她不能就这么纵容自己对自己的厌弃，这让她更不甘心。她要躲开这种可笑的普遍的绝望。她要爱自己。她要用男人来反驳对自己的嫌恶。于是她到处虏获男人的温度，给自己取暖。男人们也一样，她知道。欢愉是共同的。畏惧也是共同的。当然也有不同。隐忧和痛是她的，比如怀孕，比如流产。

她的身体，还是她的。

是的，没有什么比身体，比我们的身体更诚实的了。

晏琪的泪又一次落下来。挂着泪的她，看起来像个想不开的姑娘。只有她自己知道，这个下午之后的她，坐上这个轮椅之后的她，必将不再同于从前。

她没有躲过去。

十

黄昏一点一点来临了。所有的人都在动。金色的灰尘在人们的搅拌中上下翻滚，如弥漫的河流。一拨又一拨的人来到公交站牌下，搭车，离开。又一拨人重复。晏琪知道：每一拨和每一拨都没有什么不同。

终归还是要回家的。

她长吁了一口气，想舒展一下筋骨，全身的筋骨嘎巴着，却仿佛刻上了皱纹，无法舒展开。下一步，她要做什么呢？下一步。是的，下一步。她温习着这个词语。她终于可以名副其实地实践这个词语了。下一步，她当然要把绳子解开，好好地舒展一下这些嘎巴着的长了皱纹的筋骨。这个下午，她熬够了，也闹够了。她很累。

站牌下的人很多。这很好。她要当着这些人，做这一切。她要让这些人眼睁睁地看着她怎样亭亭玉立地站，站，站起来。她要像嘲笑自己一样，嘲笑他们。即使他们根本不在意，也不懂这嘲笑。然后，她要打辆车，把自己和轮椅弄回去。——不，她不打车。她要推着这辆空轮椅走回去，慢慢地，慢慢地，把自己推回家。

突然亮起的路灯似乎加速了黑夜的来临。她和她的轮椅在路灯下面。路灯的光离他们很远。晏琪完完全全地去掉了毯子,晚风一下子吹透了她的全身。一阵清凉。她感觉自己的身体在晚风中,如蜕了壳一样轻盈欲飞。有隐隐的润,在皮肤上。她出了汗。她的腿脚休息了这么一个下午,然而她的身体和她的心一样,出了汗。

她弯下腰,去解腿上的绳子。绳子有点儿长,所以她在轮椅上绕了好几圈之后,又在腿上绕了好几圈。她去找掖着的绳头,路灯的橙色让她的眼神有点迷离,不太容易找。她悠悠地摸索着,站牌下已经投来了不少好奇的目光。如她所料。

忽然,腹部一阵空虚。然后是一串迅疾的脚步声。她抬起头,两三个染着彩发的年轻人煞有介事地走着快步。他们越来越快,越来越快,竞走一般,眼看就要朝前面的小巷拐进去了。

他们抢了她的包。

晏琪猛地站了起来。然而一瞬间,她便扑倒下去。轮椅像一口大锅扣压在她的背上,稳稳地、实实地。

双腿剧痛,真的断了一般。她让脸在地面上贴了一会儿,地面冰凉,镇得痛微微轻了些似的。她笑了笑。在地砖的光亮中，她模糊地照见了自己恐怖的笑容。

然后，她缓缓地用一只手臂，努力地撑起身体，腾出另一只手，继续去解腿上的绳子。她承认，绳子系得太认真了，确实有点儿不好解。

《人民文学》2005年第9期

名家点评

乔叶透过晏琪的眼，将自己的视角略做下调，将高度下调：在第一次阅读乔叶这篇小说的时候，我就悄然地和另一位作家的作品进行比较——意塔洛·卡尔维诺《树上的男爵》。卡尔维诺所做的是让自己上升，抬高自己的视角，"一生生活在树上，始终热爱着大地"。意塔洛·卡尔维诺的上升使自己获得超越，而乔叶的下调则让自己获得生活最本初最真切的质感，在生活褶皱里的那些隐藏在她的笔下得以毫发毕现，也让乔叶的写作获得了差别，获得了我们对世事对生活的真切体验。

作家、文学评论家　李浩 ++++++++++++++

《轮椅》《不可抗力》写了生活在出现意外灾难时所展现的令人心悸的残酷，这种人们不愿正视的真实给浮华的生活增添了一份斑驳的不安，给看似纯粹坚固的感情增添一份惘惘的威胁。这些小说可谓是乔叶迄今为止最好的小说。它们不是简单地类型化地书写女性的情感欲求，而是透视情感欲求生发的语境、所面临的诸种困境、所遭遇的挫折以及挫折之后的生命调整，与此同时，女性的承担意识、责任伦理和现实思考呈现了出来，女性书写也开始获得了自己的社会历史感，有了更为丰厚的经验基础和更为广博的想象空间。

文学评论家　吕东亮　++++++++++++++++

创作谈 /　《家常话》这个小说是写给汶川大地震的。

我是职业写作者,很惭愧,在这个时刻,我深感写作是多么不实用的事情,且越专业越不实用。但是,无论多么不实用,我也想用。而且无比强烈地想用到目前这场灾难里。怎么用呢?显而易见,报告文学我不会写,此时的散文也要写实,我没有条件。诗歌如剑,挑一点儿出来,远远不够。能写的,只有小说。而事件才发生一个星期,想要有目的地写篇此时此景的小说,简直是不能想象:一、面太广,不知该从哪儿下笔。二、没有沉淀的时间跨度,很多东西来不及想清楚。三、即使是写了也往往容易被排斥,因小说的虚构成分在新闻镜头前太缺乏力量。四、可能会被归为写作上的政治投机。总之一句话,就是出力不讨好的活儿。

但是我要写。我太想写,我管不住我的心。

于是,就写了。大地震这些天来,听了太多激情的口号,听着总让人想起柳宗元描述水中鱼的句子："皆若空游无所依。"我便想以民间话语立场出发，试着以一个年过六旬的老人的心态去释义灾难，痛苦，情义，自立，等等，和官方话语形成一个参差的映照。至于人物的选择，自然首先要老，才在沧桑上有说服力。另外选择妇人，是我比较好用的角度。老妇人的絮叨和柔韧相对适合情节的拉长和延展。十六岁左右半青不黄的女孩也是一个相对适合的抚慰对象。语言选择上本是想用四川话，但终归不敢，末了还是选择了最驾轻就熟的河南方言，也不纯粹是河南方言，是过了筛子的。

其实我很知道这篇及时出产的小说是个不识时务的东西，但我没办法，它就是我此时此刻必须要写的一篇小说，这篇小说哪怕是一根最微小的针，我也想让大象通过针眼儿。至于通过通不过，我不管，也管不了。我写了，写了就能够让我少安毋躁，对我来说，这就足够了。

乔叶《一篇必须要写的小说》
《小说月报》2008 年第 8 期

家常话——献给汶川大地震遇难同胞及其家属

一

……

哭吧,哭吧。孩子,哭吧。

……

哭吧。

……

二

孩子,地震前那会子你在干啥?

……

说说呗。给姥姥说说呗。

……

那我可就先说了。我那会儿刚刚睡醒,已经下了楼,干啥去呢?叫我想想……对了,我是要去三号楼打麻将。单位的家属院就这点儿好处,一半儿都是知根知底的熟人,不缺玩家。三号楼的这家摊儿可热乎了,迟会子去肯定没位儿,只能当看客。正走着呢,我就觉得两腿怪怪地晃悠了一下,差点儿没站稳,晕晕乎乎的,我可没寻思是地震,只想是不是自己方才起床起猛了,把血压猛上来了?就拐到了社区的医务室，让李医生给我量血压，量完血压，我知道麻将摊儿也没闲凳了，干脆就在医务室和李医生聊起天来。李医生是省三院派下来的，细眉细眼，不笑不说话，人可和气呢。正聊着呢，李医生说她收到短信了，就开始照着手机念，念着念着她就乐了，说有朋友告诉她刚才四川地震啦，还是大地震呢。她说怎么开这种缺德的玩笑呀。正说着呢她就又收到短信了，还是说这个事，她就有些慌了，说她姨妈是四川都江堰的，她得赶紧打电话问问，可是咋打都打不通……

我也坐不住了，赶快回家。你姥爷还没醒。他身子飘，我不敢告诉他，就先查电话本。人老了，记不住电话号码了。可越渴越不见水，一个本本叮叮咣咣找了半个钟头，好不容易找着了，又老按错，不是多一个数就是少一个数，唉，老没成色……后来不多不少正好了，里头那个声儿却说没法子接通。我就又给你舅打，想着他朋友多，或许能快点儿跟你们联系上。可你舅偏巧也关机了，后来我才知道他正在手术室里忙活。守着电话机，我就和它较上劲儿了，一遍遍打，一遍遍打，正扯扯绊绊地失慌着呢，你姥爷醒了，问我干啥，我想着还没个青红皂白呢，先瞒哄他一时是一时，就吊了个谎，说好些日子没听你妈的话音了，想和她随便哇啦两句。你姥爷多精哪，立时脸就变了，我看着不中用，给他备好了速效救心丸，就缓着劲儿慢慢对他说了，他乍还稳住了势，说四川大着呢,没定准是哪一片。手机打不通或许是电池没电了。然后他就叫我开电视,我开了电视,一看就傻了。转脸看你姥爷,他一出溜就卧到了沙发上。接着你舅舅的电话就打进来了……你呢?你到底在干啥?

……

是哩,我猜着也该是在宿舍睡觉。吓坏了吧?

……

哪一天给挖出来的?

……

啥时候去找的你爸妈?

……

好孩子,说不成就停一停,等会儿再说。不急,不急……

……

你别拦着。我知道她说得难受,说一句就是往心里捅一刀。咱听着也难受,听一句也是往心里捅一刀,可再难受,该说也得说,该听也得听,总得先过了这个坎儿。你忘了临来时人家张老师是咋交代的?人家千叮咛万嘱咐说就得让孩子说,能说多少就说多少,哭得再痛也不是坏事。不说不哭就得憋坏了啊。

……

三

孩子，你知道吗？自打知道地震后，好几天我都没哭出来，像是一下子就被震傻了。我对自己说：地震是地震了，可那么多人，那么大的地面，怎么就偏偏你的闺女就会出事呢？不会，不会。不会，不会。心里头又烧又寒，又满又空，不知道是啥滋味。也想哭，可一到这个时候我就拼命把泪截住，不叫自己哭出来。我对自己说：孩子没事你哭啥？你这不是咒孩子吗？那几天，我没有再挨那个电话，就是你舅舅打来，也都是你姥爷接。你姥爷回回都说手机的信号塔都塌了，还没修好呢，没法子得信儿。我心想：没信儿也中，没信儿总比恶信儿强。不是说没有消息就是好消息吗？说不定还真是平安呢。后来碰见李医生，脸上笑得跟一朵花似的，说她姨妈已经给她打过电话了，用的是政府提供的免费电话。我就想或许是用电话的人太多，你们排不上队……那几天也不敢去看电视，可不看又忍不住，就打开电视听，光听不看。可一听到有人被救出来，就赶紧看一眼，想着万一是你妈呢……就这么混着日子，整天迷迷糊糊，魔魔怔怔，像是要疯了似的。那些天，我做得最多的就是捐款，去银行捐，去红十字会捐，在居委会捐，捐了好几茬儿，有四五千块钱，想着哪怕有一块钱能用到你妈身上也值，用到别人身上就当积德了。说老实话，捐得不多，没尽全力，是留了私心的，想着你们房子都毁了，要再建一份家业，到时候再把钱都给你们……

你是十八号那天打来的电话吧？你就说了那两句，说你爸妈都被压在家里了，救不出来了，电话就断了。你姥爷哭着对我说的时候，我还是恍恍惚惚的，我就想：是不是老头子耳朵背听错了？是不是那边打错了电话？即便没听错也没打错，那也不会有问题的。既然知道有人压在塌楼里了，怎么会救不出来呢？那么多解放军，就是用手扒也能把她扒出来！肯定是你个孩子没经过事，不知道该咋求人。肯定没问题的，没问题。我不信你妈你爸会死。没见人也没见尸，我就不信。

我哭出来是在第一个哀悼日，是十九号吧，十二号地震，按老规矩，是头七，胡乱吃了两口晌午饭，在床上躺了会儿，哪能睡得着？就是躺躺，然后打起精神上街胡逛，出了小区门口，看了一下表，正好是两点二十五分，走到十字路口，我突然就看见指示灯全都变红了，满街的人都停了下来，车也停了下来，司机们都站了出来，一手按着喇叭，一边站着不动，骑自行车的人也停了下来，走路的人也停了下来，然后，齐齐的，全街喇叭响，还有呜呜的警报声。我站在那里，低着头，就看着眼前的地砖在晃……过了一会儿，绿灯也有了，司机也进车了，车也都走了，一切都正常了，我还看着那地砖，可人是怪，那时候我还是没哭，我就想：这该不是场梦吧。这要是场梦该多好啊。直到看见身边路过一个年轻妇女，怀里抱着个孩子，可能刚才的警报声和喇叭声把孩子吓坏了，孩子一直在哭，这孩子的左嘴角那儿和你妈一样，都长着一颗痣……那个当娘的没有哄孩子，她自己还哭着呢，边走边哭。看着她抹眼泪的样子，我的眼泪才下来了。我知道这不是场梦，要是场梦我也是在自己哄自己。我才不得不相信真是地震了，真是震着我的闺女了。我没了小闺女了，我的小闺女没了，她和女婿就这么走了……我这才对自己承认：地震死了那么多人，我的小闺女不是三头六臂，她是会死在里头的，是会死在里头的……我知道我是再也见不到我的闺女了，见不着那花花朵朵的小两口儿了。我坐在路边哭啊，哭啊，不知道哭了多长时间。哭出来，就好多了，像是洪水泄了洪，知道自己不会发疯了。

后来我跟你姥爷就打算来四川，你舅说他们医院组织医生去灾区救援，他报了名，立马就得走，不能陪俺们去。我说你安心去你的，把火车票给俺们买好就中。你舅临走前来送票，我给他现包了几个饺子。他吃到底儿我哭到底儿……

咱得哭，不哭就憋死了。咱得哭啊。

四

超市里这么多吃的，挑点儿吧孩子。

……

不想吃？那可不中。人是铁，饭是钢，一顿不吃饿得慌。天塌地陷，能吃饭也还得吃饭。再怎么着也得吃饭。就当是吃药也得吃饭哪。火车上的饭太糙，来的时候我和你姥爷尝过了，还不如当下备好呢。

瞧瞧，米线、肥肠粉、河粉、炒面，还有扬州炒饭……这方便食品花花绿绿的样数还真不少，我就一直当是只有方便面。河南人嘛，就喜欢吃个面，你吃面不吃？康师傅和统一的都不赖，不过要我说，还得是咱们河南的面好，麦子好，面就好，吃面吃了多少年了，吃不出点儿门道还行？白象是河南的，这个面就不错，还有思圆，这个牌子也是河南的……我跟你姥爷不能吃麻辣的，就选个大骨的，你呢？……肥肠粉？中，中，一碗怕不够，你正长个子呢，再拿一碗吧。火腿肠你爱吃啥牌子的？俺们多少年吃的都是双汇，老牌子了。这也是河南的企业。我去年还去那家厂子参观过呢，可干净，可卫生……要鸡肉、牛肉还是猪肉？论起来还是猪肉的香。亲不过姑舅，香不过猪肉嘛。乖乖，还要麻辣的？真个是南甜北咸东辣西酸。说来也怪，四川人这么可劲儿吃麻辣就不上火？你上不上火？上火也不要紧，我带着三黄片呢。

……

　　站台上都没人了，车该快开了吧。瞧这天，说黑就黑了，黑得跟锅底儿灰似的……啥是锅底儿灰？也是，现在的孩子还真没条件知道啥是锅底儿灰。锅底儿灰就是早些时候，可早些时候，没有煤气灶，没有电磁炉，在农村里连煤球也没有，只能烧柴火……啥是柴火？能烧的都叫柴火。纸？纸不算柴火，纸多金贵啊……棉花秆，玉米秆，玉米芯，这些都是柴火……呵呵，你没听说过农村的男孩都叫柴火棒，女孩都叫柴火妞？用柴火烧了锅，锅底儿就有一层软黑，可光，可滑，可腻，跟缎子似的，那就是锅底儿灰，我娘，也就是你太姥姥当年躲日本兵，脸上擦的都是锅底儿灰，你妈小时候还用锅底儿灰描过眉哩……

……

　　好了，不说了。是姥姥啰唆，不该多嘴。去吧，去洗把脸，刷个牙，一会儿咱就睡觉。

……

　　中了，你别埋怨我了，你不吭，她不吭，咱仨都不吭，那就好了？炮仗不响炸药还在，闷到肚子里总得往外发，那就迟发不如早发。人家张老师说得对，该说就得说，没话找话也得说。

……

孩子,翻身的时候慢点儿,不能压着这个伤胳膊,知道吗?天明就到郑州了,到了郑州再给你找个好医院仔仔细细诊治诊治……

五

……

孩子,别怕,是火车靠站。不是地震,不是地震,地震已经过了,孩子……

……

孩子,火车又靠站了,睡吧,接着睡,地震已经过了,孩子……

……

孩子,别怕,别怕……

……

六

孩子,先把窗打开,通通风,换换气儿。被褥都是拆洗过的,干净着呢。今天咱先好好歇歇,明个儿我带你去买衣裳。

这儿离二七广场就几步路,那里的衣裳店一家挨一家,一打那儿过我就眼花,李宁,威邦,啥牌子都有……啥?不是威邦是邦威?我管它啥邦啥威,反正就是唱哼哼哈嘿的那个愣小子做广告那个。还有个叫啥淑女屋的店,里头的裙呀褂呀都俊死了,我看女孩子穿上个个儿都能上画儿。再去挑几双鞋和袜,凉鞋、布鞋、运动鞋咱各样买几双,恁高的身量全凭脚,可不能委屈了脚。别替我省钱,我和你姥爷的退休金一月拢共拿三千多呢……对了,晌午想吃啥呢?这儿的川菜馆可是稠着呢,出了小区往左拐上了人民路,连着七八十来家。还有麻辣烫、担担面、酸辣粉,啥都有。你想吃啥咱就去吃,不想出来那就在家吃。

来,乖,先来给姥姥捶两下肩。不中用了,老不中用了,没走几步路肩都跟绳子勒着似的,腰也快折了……手还怪有劲儿,没白长个大个儿,以后我和你姥爷要享你的福了。十六了吧?上高一?多快,昨儿好像还没板凳高,如今说长就长到摸房檐了。嗯,高一,高一好,耽误几天课也不要紧,等歇过来,一赶就赶上了。

来郑州有几回了?少说也有一巴掌数吧。头一回是在你一岁时候,姥姥给你下的长寿面过的周岁生日,不记得了?我这儿还有照片呢。第二回是你三岁那年,刚上幼儿园。进门没两分钟你就把姥爷新置买的大鱼缸给敲了,说是司马光砸缸。第三回你七岁，刚上小学。第四回你都十一二了，小学刚毕业，还是带着烫金字儿的毕业证回来的。初一还是初二又来了一回……前年，那就是初二，那一回住了半个月，在东风路游泳馆你舅教会了你游泳。后来就没有再来过了，你妈说你学业紧，寒暑假里都有课……哪回见你都得认半天，女大十八变，越变越好看。老话不假啊。不过再真的话也不是放到哪儿都准准儿的。小变大了是好看，跟我一样大变老，那就不能看了，越变越成个枯树皮老妖怪了。你说是不是这个理儿？有时候我和你姥爷没事儿干，你瞧瞧我，我瞧瞧你，大眼瞪小眼，小眼瞪大眼，就笑起来了，都使劲儿拔各自的气门芯儿，说这张老脸是没法子看了，再不是年轻时候了。

……咦，你这个孩子咋光笑？倒是说句话呀！打小儿你就是个闷葫芦，真沉得住气……

……

年轻？说起年轻时候，那还真不好说。啥是年轻时候？活到这把年纪，就觉得活过的那些时候，都算是年轻时候。二十岁的时候就开始嫌自己老，三十岁的时候就知道二十岁的时候年轻。到了四十就想三十，到了五十想四十，现在六十多了，一眼一眼看下来才明白，年轻这个事儿啊，不能拿自个儿和别人比，只能拿自个儿和自个儿比，这么着才总觉得有年轻的时候……不明白吧？我这么说你就懂了：你姥爷赶不上我年轻，可他昨儿总比他今儿年轻吧？他今儿肯定比他明儿年轻吧？懂了吧？怨不得你不明白，你才多大个人儿啊。

过日子嘛，一天到晚有多少正经话说？这些话都是我和你姥爷干坐着耗唾沫斗嘴玩呢，再老的车只要不散，就得往前奔，车轱辘是越来越瘪了，这也算加加油打打气，不能老拔气门芯儿啊。只是有一条我俩认得是真真儿的，能活到这把岁数，俺们俩都是打心眼儿里知福惜福的。我琢磨过了，这世上的人，就像树叶儿……对，你回应得好，人可不就是跟树叶一样也是过四季的吗？春天，树叶儿生出来了，嫩生生，翠生生，这就是孩子……呵呵，是，是，松树叶不打春天生，你这丫头真会钻牛角尖儿……立了夏，花是花，树是树，果是果，就是胜黄金赛白银的年轻日子。再往前走，花儿落了，叶也黄了，果也熟了，人也就有了皱纹白了鬓，也就到了秋天。接着就是往冬天里走了，叶就开始落啦，其实呀，没进冬就已经有很多树叶儿落了，不过一进冬就落得更厉害。这谁也挡不住哪，那个落呀，一层一层地落，越往深冬里，叶就落得越多，留在树上的叶儿就越稀，你说，我和你姥爷这两片干眉巴眼的老树叶儿这会儿还能厮跟在树上，可不就是福气吗？

……

孩子，你说得没错，你爸你妈就是那种没进冬的树叶儿。刀在石上磨，鹰在天上练。树叶儿嘛，打从树上生出来就是要经风见雨的，小风小雨，揪掉几片叶儿；中风中雨，揪掉几枝叶儿；大风大雨，揪掉一层叶儿。这场地震，咋说呢？就像是最野烈的狂风暴雨在恶狠狠地搓磨着那些树叶儿，它揪掉的可是满地叶儿啊。

叶儿掉了嘛，就进土了。

……

可不是吗，早早晚晚，树叶儿都是要进土的。不过，孩子，晚进土还是比早进土要好。要不是人咋都说好死不如赖活着呢。为啥？你想啊，虽然哪片儿树叶儿都缺不过进土这一关，可树叶儿生下来图的是什么？是进土吗？图的就是看见进土前的光景。是不是？所以呀，只要你这片叶儿还挂在树上一天，那就得好好活一天。不但得为自己好好活着，还得为别人好好活着……为谁？别人不说，你就得为你爸妈好好活着……

……

放心，他们是知道的。为啥？就为着你是他们的骨血。再大些你就知道了，人的骨血啊，是最牢实的。你妈是我和你姥爷的骨血，你爸是你奶奶和你爷爷的骨血，你是你爸你妈的骨血……最上辈的人是这么着，最下辈的人也是这么着。就这么一代一代，流成了一条河，从上游到中游，从中游到下游，一辈儿滋润着一辈儿，一茬儿滋润着一茬儿，每个活着的人，喝的都是这河里的水，都带着亲人们的心和眼在这河水上往前漂呢，你还不得为他们好好活？现在你带着你爷奶爸妈活，将来有一天，我和你姥爷死了，也指望着你带上俺们好好活哩……

……

好了，傻丫头，别哭了。俺们不是还好好活着呢吗，只要能自己看，俺们才不叫你替俺们看哩。俺们还能折腾着呢。要等俺们松了这口气，咋着也得等你成家立业有了骨血……闲话没边儿，越扯越远，不说了，不说了。

七

你会擀饺子皮儿，这我倒没想到。你妈还不大会擀呢，她是个好吃懒做的货。学校还有包饺子的课程？现在的学校可真好。这馅儿你中意不中意？是不是葱有点儿多了？你妈馋着呢，最喜欢吃猪肉大葱的，要是放的葱多了她还不愿意，说我克扣她……那时候，一放学，三个孩子一前一后冲进门，安下屁股就得端起碗，一边呼噜噜地吃着一边就叫破了天，一个要醋，一个要蒜，一个要葱，一个要酱……一只两斤重的鸡炖得连骨头带肉烂化到锅里，能吃一星期……咋吃？每天炒菜的时候放两勺，尝个味儿就中啦。那时候，儿儿女女，热热和和，才像是过日子的家啊……

……

又招出你的眼泪了。想你妈了？也是，你还是个孩子呢。孩子的心里头，妈就是家，家就是妈。

……

家，要寻思起来还真有意思呢。我寻思的不一定对，我且说着，你且听着，左耳朵进，右耳朵出，又不是你们学堂的课本，不当真的。这家呀，每个人都该有好几层意思。往大里说，只有一个地球，地球是全世界人的家。那全世界就都是一家人了不是？再小点儿呢，就是国家了，国家国家，一个国就是一个家。再往下分呢，一个省是一个省的家，一个市是一个市的家，然后就是县、区、街道，直到你自己门牌号码上那个家。这就完了？还没有呢。还得往下分，比如我和你姥爷的三个孩子，两男一女，一个在加拿大，一个在郑州，一个在四川——也不在四川了，也不知道游荡到哪儿了……就又分出三个小家来。他们又生儿育女，再分出又一层家……

家虽是分了这些个层，可是各层的家处起来的格式却也没啥分别。平时你跟我好我跟他好，你拧我一把我掐他一下，三天香两天臭，打个架传个话，都是免不了的。可是真到难处的时候还是善心大，帮者多。所谓不到节令不知冷暖，不到灾前不知厚薄。比如说前一段时间缅甸出事了，咱们国家就赶快赶去帮忙。现在咱们国家出事了，别的国家也赶快过来帮忙。这就是国家和国家之间的情义。在咱们国家里，四川出事了，其他省也都过来帮忙，这就是省家和省家之间的情义。邻居那个当过校长的张老师知道咱家出事了，天天过来看我和你姥爷，这是邻家和邻家的情义……无论哪一层的家，谁家有了红白事，街坊邻居都会来搭把手出把力随个礼，是不是？一马不行百马忧，一家不够百家凑，这些就是情义。

……

能帮多久？我没想过……孩子，这情义都是别人给的，咱可以记一辈子，却不能要求别人给咱一辈子。你听说过那句话吗？下雪不冷消雪冷。为啥下雪不冷？是因为下雪的时候只管下，温度还没往下走，所以就不冷。另外下雪的时候路面涩，还好走道，路上热闹，所以不冷。可是到了消雪的时候啊，雪要化，就得吸取周围的热气，这么一吸，天就冷了，雪一化，气温一低，路面冻了，路上的人少了，场面也就冷了。雪下得越大，消雪需要的时间就越长，冷的时候也就越长……这也没啥不对，人家对咱的帮助再有情义，咱们也不能躺在这情义上过一辈子啊，人家也有家啊，家家都要过日子，家家都不容易，是不是？还有那个词：雪中送炭。下雪了，冷了，人家送炭让咱烤会儿，那可以。可咱不能一直想着让人家送。哪家没有炉灶？哪家不用炭？咱也得替人家想想，是不是？人家帮过咱，咱领情。人家要是不能帮了，咱也不能有怨气，是不是？咱还有一副身板、一双手和一股志气，是不是？咱也能自己去拾柴火自己烧火，是不是？

……

你说啥？你没家了？在这儿住是我和你姥爷的情义？你个糊涂孩子！你还没明白过来吗？你爸你妈给俺们俩留了事做，就是要照顾你。她也给你留了事做，就是照顾俺们俩。她和你爸这一走，就把咱们这隔辈人又凑了一个家。咱们把咱们这个家过好，他们俩才能在地下睡得着。咱们凑到一起，就是一家，就是最小最小的那个家，就是再也不能分的那个家，我就是你的娘，你姥爷就是你的爹，咱们就是爹娘儿女的情义！你再胡说看我不打你！

你个糊涂孩子！傻孩子！

八

孩子，心里难受就换个频道，别看了……

看了心里难受，不看心里更难受，你这话也是。那就看吧。看了虽是难受，到底还能落个踏实。

听听这些人说得都多好……

……

你笑啥？笑得恁冷……

……

不说？不说我也知道。孩子啊，这会儿你在坎儿上，心里又软又硬。软呢，是遭了灾，受了惊吓，一时没了主见。硬呢，是看那些没遭灾的人都是站着说话不腰疼。你心里会想：你们又没有死爹死妈，你们又没有破家败舍，你们又没有被塌楼砸住，你们到了俺们这一步去试试，看你们还怎么勇敢怎么坚强！看你们还怎么说这种假硬话！

是不是？

……

没错，你想得也有道理。常言说，打死虎大家吃肉，虎伤人各自受疼。如今咱是被虎伤着了，咱心里头最难受，咱心里最疼，人家对咱们再有情义，也隔了一层。可是孩子你反过来再想想，人家有难的时候，咱对人家就没有情义？咱的情义不也是隔一层？这么去看的话，人家和咱隔一层也是对的嘛。要想公道，打个颠倒，一样的道理不是？退一步再想想，这世上还是好人多，隔一层虽是隔一层，情义终究还是情义啊，只要是真心的情义就都仁良，都金贵，咱就得看重，就都得收存着，都得稀罕着，都得记挂着……

还有，孩子啊，你再长大些就会知道：这世上但凡能站着说话的人，这腰都疼过。

……

走在街上人看人，那能看出什么来？个个都是光光鲜鲜的，没一点儿毛病，可是要钻进他的心里去，我敢说谁都有伤有疼。要是能把心翻出来看看，哪颗心里头都有疤，有的说不定几十年都流着血。成人不自在，自在不成人，都是这么过来的，迟迟早早，早早迟迟，人都会伤一伤，疼一疼。在这事上，老天爷公平得很哩。远的不说，就说身边几个，去年下大雪，我一个老伙计，身体好好的，能打能跳，一天清早去买油条，雪冻得路面滑，她一脚没踩稳，仰面倒下来，磕了个脑出血，她顺了一辈子，这会儿落了个半身不遂。邻居张老师四岁就没爹娘了，蒋介石炸了花园口，他跟着他三叔逃荒逃到山西，要不是常香玉去放饭，他就饿死了……放饭呀，就是有办法的人搭个粥棚给要饭的人舍饭吃……还有那个李医生，去年她妈得了癌症，她可是个医生吧，也救不了她亲妈，就在自己的医院眼睁睁把老娘送走了，一提起来眼圈就红……对了，还有你姥爷，才是个典型呢。你姥爷住过一年半的监狱，知道为啥吗？就为一尊毛主席瓷像，他搬的时候不小心摔了一跤，跌掉了瓷像一只手。这大牢蹲得至今想想也觉得冤屈……

人过一辈子,谁一直走平顺路?老话说:人在路上走,眼前都是黑的。要说白天有太阳晚上有月亮,黑啥呀黑?又有话说:人都是瞎过的。要说谁不是睁着明晃晃的眼睛看世界哩,瞎啥呀瞎?这黑和瞎说的就是另一句俗话:没有千里眼,难知一万年。别说一万年,一年半载明天后天都未必知道。孩子啊,就是这样,要说眼看着路是直的,比如说五月初五是端午,八月十五是中秋,大年初一吃饺子,正月十五吃元宵……可是再直的路,你都不知道会在哪里拐个弯。谁都在地上跌倒过,谁都摔过跤,谁都被棱棱角角磕绊过,不过是方的不滚,圆的不稳,各有各的苦衷罢了。有的是皮肉灾,有的是银钱灾,有的是儿女灾,有的是情意灾,反正有的是天灾,有的是人灾。一辈子都没有栽过跟斗的人,我没见过。一个都没见过。

……

等过了这段时间过了这个劲儿,你也会站起来,到时候啊你就知道,那些站着说话的人,他们的腰不仅都疼过,而且还会经常来回疼,这无论是谁啊,都是在疼中成人的。

九

傻孩子,你半夜起来跪着干什么呢?你跪了几夜了?

你是在跪你妈吗？别这么跪，等到了正日子，姥姥教你好好跪……

……

不是跪你妈？那是跪谁？

……

你说给姥姥听听，孩子啊，你说给姥姥听听……求求你了……好孩子，别窝在心里了……

……

孩子，你听姥姥说。这地震是你发动的吗？不是吧。是你把预制板砸到你那同学身上的吗？不是吧。不是就好。不是你就听我说。是，你是午睡来着，他是叫你来着，那按说他跑得快应该能活的，可是那预制板偏偏要砸下来，有什么办法呢？你那时候躲在床下也是因为跑不及了才胡乱躲的，你怎么知道能逃一命呢？你要是知道了那你还是你吗？要按你的想法，你妈的死我也得怪自己不是？当初你妈大学毕业的时候我要是不同意她和你爸结婚，她就不会跟着他回到四川，也就不会碰到这场地震，也就不会把命丢了……

……

报应？胡说！你这么小一个人儿，作过什么孽要得这么大的报应？要按你这想法，这次地震死了这么多人，也都是作了恶有报应的？没一个好人？那年印尼海啸死了那么多人也都是恶有报应？姥姥我死了小闺女，还是报应？这不是放屁吗？我不信。说到天边儿我也不信。我敢说，即便我不是好人，那么多死了的人里总有好人，好人多着呢，海似的，都是好人！

……

啥都不是，这就是天灾。别拿这件事情难为自己了，孩子，这么大的天灾盖下来，你们都是丁丁小的小蚂蚁，能夹在命缝缝里活着就不易了，不能再这么难为自己啊。

……

不，不能瞎胡过。我知道你的意思：既然人过得这么没有准头，那就瞎胡过吧。年轻的时候，我也这么想过，后来才知道，这么想不对。这么想就是被灾吓住了，就是有心灾了。天灾再大，没有心灾大啊。

孩子，来，扶我起来，咱娘儿俩到床上躺会儿。

十

……

想啥？想起你太姥姥来了。你太姥姥能裁会剪，是个巧人，她在的时候，常用做衣裳这事给我打比方。她说，人活这一次，就像得了一匹衣服料子，不论粗布细布洋布缎布，咱都得用劲儿把它做成熨熨帖帖的衣裳。料子就这一件,来得不容易,咱不能浪费,不能随便下剪,要不就把料子糟蹋了。我问她:那要是用劲儿做了也没做好该咋办?她说:只要用劲儿做了,就没有做不好的。长短是根棍,大小是个衣,哪怕做得没有想的好,也没有辜负料子。怕就怕不惜材料,把好端端一块布弄成一堆破麻烂衬,那才是真真地亏待了自己……

……

说起你太姥姥,她这一辈子就是一场全本戏。打九岁起就当童养媳……童养媳不知道?就是九岁就过门跟着人家当媳妇,唉,啥媳妇呀,就是当使唤丫头,吃得少,干得多,熬到十六圆了房,就跟你这么大,开始生孩子,生了十三个,只成了我和我兄弟俩。得四六风的死了七个……四六风就是早些年的人没知识没文化,生孩子剪脐带用的剪刀不知道消毒,孩子生下来没几天肚脐眼那里感染就死了,有四天发病的,有六天发病的,就叫四六风。后来闹日本的时候死了两个,临解放打徐州的时候死了一个,三年困难时期,我又死了一个弟……她是啥苦都吃过,啥罪都受过,可从我记事时起,她就总是红口白牙一张笑脸,谁见谁心悦。就是往地里送着臭烘烘的茅粪她也会哼着梆子,白天干活再累,晚上她也要一边领着我们剥玉米一边给我们讲笑话,笑得我们满地打滚儿。她常说:抹泪不挣钱,高兴不蚀本。咱再不精明也知道保本儿吧。说着说着我又想起你太姥爷来了。他和你太姥姥真是一对儿，会找乐子。他当过几年轿夫……啥好差事，就是没办法，给人家当苦力呗。见天走上几十里，回到家里腿脚都肿了。即便这样也挣不了几个钱，家里总是等米下锅。可他只要得闲就逗我和我弟耍，至今我还记得他教的行话，可有意思了……一顶小轿得两个轿夫，前一个，后一个，后面的看不着路，前面的就得提醒，这就是他们的行话。前面说：天上明晃晃。后面就知道有水洼了，就回说：地上水塘塘。前面说：独木一根。后面就知道是独木桥了，就回说：落脚小心。看到牛了，前面说：劲儿真是大。后面就说：不会说话。看见牛粪了，前面说：点心一大盘。后面就说：你吃我给钱……
……

看你笑得。没听过吧？还有好的呢，回头慢慢给你说。我记得牢牢的，不死就忘不掉。啥时候想起他们来，我都觉得这日子再难都值得过。就觉得这人啊，一是原本就躲不过疼；再是就该知道疼，知道疼了才能知道好；还有就是得韧着劲儿去受疼……还有没有？还真有，我活到六十多了，就是现诌也能给你诌出一条来：还有啊，就是……就是要从疼里找出好来。找不着？只要你可劲儿找，总能找得到。就你爸妈这个事，我实在没得可想了，就想：他们走是走了，可是夫妻一块儿走，不落单，好。他们是跟着那么多熟人一起走的，到了那边互相都有个照应,好。还有,那边再也不会有地震了,他们再也不用担惊受怕了,也好……

……

是啊,活着是不容易啊。可就是因为活着不容易,咱更得一天一天,扎扎实实,漂漂亮亮地过一天是一天。不是有句老话吗?三寸气在千般用,一旦无常万事休。要我说,这话得把前后句颠倒个顺序用。一旦无常万事休,三寸气在千般用。灾来了就来了,咱要是死了就啥也不说,咱要是不死就得使着咱的三寸气儿,把咱能当家的事情做好,好好活着。只要咱有这股子心劲儿,波浪再大也能压在船下,蚂蚁再小也能爬到石上!

十一

……

去哪儿住都听你的。你的日子长,以你的意思为主,你想在河南,咱就在河南,你想回四川,咱就回四川。反正你想去哪儿过咱就去哪儿过,哪处黄土都埋坟,哪处黄土都养人。我和你姥爷都自由着呢,凭你带着俺俩飞,往后俺俩就贴着你了,等你领着俺们长见识呢。

……

喝豆浆？中啊。喝了这么多天牛奶了，就换换样儿。对了，家里还有豆浆机呢，咱去买点儿豆子，黄豆黑豆掺着打，可美。豆浆喝完了剩的豆渣也是好东西，放俩鸡蛋搅点儿面，烙成葱花油饼，又香甜又有营养……

……

哟，天快亮了。窗户都青啦。

《上海文学》2008年第7期

名家点评

《家常话》这篇小说写的是举世震惊的汶川大地震,但写地震没有选取"现场"的故事和人物,而是别出心裁地描述了外省的一位姥姥劝慰幸存的外孙女的"幕后"情节,整个作品由姥姥"独白式"的"家常话"构成。在姥姥絮絮叨叨、苦口婆心的讲述中,我们感受到了十六岁的小女孩内心的巨大创伤和缓慢的平复,洞悉到了一位年近七旬老人坚韧、宽厚、博爱的精神性格,还有她对灾难、家庭、国家、人生、人类等问题的达观理解,面对灾难不屈不挠的抗争精神。这是一个独特的、丰满的"中国式"母亲的形象,这是整个国家和民族的坚实基础。

文学评论家　段崇轩 ++++++++++++++++

在乔叶的转向中，祖辈以正面的表意特征进入文学领域实践，他们代表着的坚韧执着是拯救疲惫心灵的旗帜。作品表达了对代表小农色彩的生活方式和观念的重新认知，对中国传统思想道德品质的赞美，对当下家庭结构崩溃的无奈和重建稳固家庭结构的信心。乔叶的《家常话》以汶川地震中最震撼的震后视角切入，将外祖母作为温暖、踏实的"家"的象征，通篇作品以意识流的形式深入外祖母的内心，她以地母般的坚韧、淳朴承担起了照顾失去双亲的外孙女的责任，文中的她对外孙女的呢喃轻唱和安慰，穿越了时空的隔阂，用她慈爱的声音安抚着我们恐惧不安的灵魂。

文学评论家　张喜田 ++++++++++++++++++

创作谈 /

《语文课》的创作缘起是因《山花》的原主编何锐先生，几年前他约稿时曾立起一面大旗，说是要"致敬经典"，此经典是国内当代文学的经典，于是我就写了这个短篇，致敬我心中的经典——李佩甫先生的中篇小说《学习微笑》。《学习微笑》里的那个女人就叫刘小水……走进了《语文课》里的刘小水终于还是被糕点厂下岗了。她离开了县城，来到了省城，在城中村卖小菜，同时也卖最拿手的甜点"梅豆角"。她像一台机器一样整天忙碌着，没时间停下来去想什么，去感受什么。这天，她不得已应女儿的要求去女儿的学校听了一节语文课，在听课的时候，难以名状的寂寞和难过偷袭了她心灵的软肋——很多时候，物质和精神是狼狈为奸的。物质在压榨人们身体的同时，精神也在蛀空他们的内在。当她发现自己如一截被单剥出来的"木"，远离了"本"，也远离了"末"，而且没有"末"的时候，她被自己的"胡思乱想"击中，终于坠入了一种大而无当的深渊，让泪水覆盖住了微笑。

——多数人在多数时候都在自觉或者不自觉地躲

避着这种偷袭，但偷袭者总比躲避者更狡猾，总会碰到躲不过的时候。将这一刻描述出来，不就是写作的任务吗？

乔叶《有谁不是涓涓小水》
《长江文艺》2017 年第 16 期

语文课

一

刘小水是从前门进去的。一进去,她就知道自己走错了。不该走前门的。不过都快二十年没进过教室了,也难怪。校园里刚刚响过标志着上课的音乐钟。钟声消逝的瞬间,世界总是格外安静。全屋子的人都顺着开门声齐刷刷地看着她,那么多粉扑扑的小脸蛋啊,头发都一般般地黑,眼睛都一般般地亮,都明晃晃地照着她,仿佛每个人的眉毛下都点着两盏小灯,把她照得都有些恍惚了。

她的富丫头,在哪里呢?

"您是谁的家长?"一个仿佛被熨斗熨过似的平展声音。刘小水闻声转向讲台,一个年轻的女老师正微笑着看着她,一脸的礼貌和知识。

刘小水有些慌了,她道:"哦,富丫头……余富。"

老师笑了,孩子们也都笑了,叽叽喳喳地一起朝一个角落看去,一屋子的小脑袋在转向的瞬间形成了一个漆黑的目光通道,刘小水的眼睛顺着通道溜过去,就在通道的终点看见了富丫头。富丫头有些不好意思地趴在了课桌上,一边小声道:"去,去!看啥呢看?!"

"请在后面就座。我们马上要开始上课了。"老师伸出右手,做了个请的姿势,然后把脸转向孩子们,"同学们,请打开课本，翻到第121页，今天我们学习第21课《真想变成大大的荷叶》……"

窸窸窣窣的翻书声波浪一般响起，总算没有人看自己了。刘小水松了一口气，连忙朝教室后面走去。孩子们坐得可真挤啊，过道可真窄啊。刘小水侧着身子，将手里的袋子高高地拎起来，走到最后，左右瞅瞅，没位子。她转脸又去看她的富丫头，富丫头冲她努努嘴儿，哦，在富丫头的身后，最靠南的窗户边儿，有一个小小的凳子，那是富丫头给她留着呢。她连忙挤过去，坐下来。

富丫头扭头看了看她手里的袋子，用眼睛狠狠地剜了她一眼，才又转过身去。老师已经开始朗读课文了：

夏天来了，

夏天是位小姐姐。

她热情地问我：

想变点儿什么？

……

刘小水笑了。这写书的人可真会写。女老师很年轻，齐刘海，马尾辫，一对小酒窝时隐时现，很白，阳光似的那种白。上身一件黑毛衫，下身是条黑裙子，颈上却绕搭着一条白丝巾，看起来素净俏丽，还有几分说不清道不明的神仙气儿。声音也好听，清清爽爽，甜甜脆脆。那个味道，让刘小水不由得想起一道自己调拌的拿手小菜：凉拌萝卜皮儿。

二

　　窗户台子不高。刘小水把右胳膊支在窗台上，又把脸支在手上。阳光透过窗户，罩住她的半边身子和半边脸。阳光很好。她不由得把整个脸都转了过去，凑向这阳光。这阳光像什么呢？阳光就是阳光。她知道。可坐在教室里，她就不由得想起上学时候老师叫自己造句的情形来。比喻句，拟人句，排比句……这阳光，到底像什么呢？像温热的酒吗？像薄薄的丝绸吗？她的眼睛眯起来，感到自己的眼皮儿先是一阵眩亮，然后慢慢被点燃了，一点点地热起来，红起来，热得越来越深，红得也越来越深……

　　她打了个盹儿，从袋子里取出一个"甜蜜蜜"，放进嘴巴里。平日里劲儿不足的时候她就往嘴里放块"甜蜜蜜"。甜物能领精神。"甜蜜蜜"的老名字叫"梅豆角"。今儿一早起来，买了菜，将小菜的料都备齐了，她就开始揉面、熬糖、擀角、灌浆，一直炸到这会儿……七斤面能炸出十斤"梅豆角"。在县糕点厂当工人的时候，这是刘小水最会做的甜点，她炸得真是好呢，一个个饱嘟嘟的，真像熟透了的梅豆。最开始在燕庄卖这个东西时，她还沿袭着老规矩，叫它"梅豆角"，卖得不怎么好，每天只有四五斤的量。后来还是富丫头说她学校附近有个摊子卖的也是这，人家却不叫"梅豆角"，而叫"甜蜜蜜"，人家就卖得好。"洋气得很呢。有个电影，有个电视剧，还有个歌儿，都叫'甜蜜蜜'！"富丫头说。她想了想，也就改叫了"甜蜜蜜"，一下子就卖到了七八斤。

当然，今天手里这一大袋可不是自己当零嘴儿的，是给老师带的。家离学校不远，两站路，富丫头已经在这儿读两年书了，每学期都有请家长来听的公开课，她是第一次来。她这次要不来，富丫头说她就真生气了。"不跟你玩儿了。"富丫头说。富丫头现在是班长了，家长不来，就格外没面子。"班长要给同学们做榜样，你是班长的家长，也该给同学们的家长做榜样。"她吧嗒着小嘴说。

于是，她就做榜样来了。榜样没做成，先用迟到给富丫头的面子打了个巴掌。这事儿弄的。

三

教室是三间。有暖气，有空调，讲台右边是台饮水机，饮水机上方是台大电视。刘小水抬头看了看天花板，不由得笑了：当然没有水印子。怎么可能有水印子呢？这省城的学校，怎么会跟她当年读书的村小一样，滴答滴答地漏雨呢？倒是密密麻麻的一堆棒管,她数了数,十八支。富丫头说天阴的时候老师就会全部打开,整个教室就雪亮雪亮的。

课文也不一样了。二年级,自己那时候学的是什么课文来着?《你办事,我放心》?《好好学习,天天向上》?《我爱北京天安门》?《毛主席万岁》?《董存瑞炸碉堡》?《小英雄雨来》?《小萝卜头》?《八角楼上》?《鸡毛信》?《我的战友邱少云》?《草原英雄小姐妹》?《一件珍贵的衬衣》?《飞夺泸定桥》?《十里长街送总理》?……似乎除了英雄就是领袖,都是些响当当的人物。对了,还有动物,《乌鸦喝水》《小猫钓鱼》《小马过河》《小猴子下山》《小白兔与小灰兔》……富丫头一年级的课文她也看过,第一篇就把她震住了,叫《人有两个宝》,只一遍她就背了下来:"人有两个宝,双手和大脑。双手会做工,大脑会思考。用手又用脑,才能有创造。"没事的时候,她就喜欢在心里默背这篇课文。越背越觉得人家怎么说得那么好啊,怎么就好像把所有人一辈子的事都说清楚了似的呢?

忽然,她觉得肩背有些酸痛,牵扯得心里也有一块地方软软地酸痛起来。就是这样。一闲下来,那些平日里躲着的毛病就来了,所以除非睡觉,她一般不让自己闲下来。干活的时候不过是身子累,闲下来的时候却是心累。

我想变透明的雨滴,

睡在一片绿叶上；
我想变一条小鱼，
游入清凌凌的小河。
……

刘小水又笑了。变成雨滴？这倒是自家男人说的话呢，是他跟她说的第一句话。机械厂紧挨着糕点厂，他就在机械厂上班。上班的时候是厂挨厂，下班的时候是村挨村，前后脚在一条路上走，每天都挂个面儿，就是没说过话。那天她下了班，走到半路上下了小雨，春末梢的雨，不冷。她正骑着车，忽然他就赶了上来，和她并排骑着车，还是不说话。一直不说。雨下得真是静啊，路边的田野绿得也静，她的心都跳到脸上了，快到分手的路口了，他才说："我想变成雨。"然后，他便贼一般慌慌张张地走了。刘小水愣在雨里。他想变成雨？变成雨干什么呢？去浇地？到底什么意思呢？莫不是神经了？脑子有毛病？她反复思忖着，最后都疑心自己听错了。回到家里，娘在门口迎她，接过车子就埋怨："也不快点儿骑，小雨怕慢路，你看你，一身雨！"一瞬间，刘小水忽然明白了他的话，她湿淋淋地扑倒在床上，笑了起来。

然后呢？然后两人就成了家，他可不就是一条鱼了吗？只是他这鱼可不是小鱼，怎么说呢？该是电视上看过的鲨鱼吧？猛着呢。多少个夜晚，他凶巴巴的，像要撕吃了她一样……

在他身下,她可不就成了一条河吗?

再然后,他们在县城安了家,生了儿子余钱,两人的厂子却先后关了门。都不甘心回去,又想再要个孩子,就一窝子来到了省城,扎根在了这名叫燕庄的城中村。燕庄多的是他们这样的人家。"为的就是两个字:计和生。"房东大姐说,"是躲计生,也是讨生计。"

如今,一晃都八年了。

四

……
我想变眨眼的星星,
我想变弯弯的新月。
最后,
我看见小小的荷塘,
真想变成大大的荷叶。
……

老师还在念。不,这一句她不喜欢。她隔着富丫头的脑袋,远远地看着她的课本。课本上还画着几片绿绿的荷叶。这荷叶她也不喜欢,也说不出为什么,就是不喜欢。她看了一眼手里的"甜蜜蜜",两斤的分量是有的,一斤卖三块半,这一袋子"甜蜜蜜"值七块钱。昨儿她跟富丫头商量了,富丫头立马就说:"你可别丢我的人!"她气噎了半天,才想起来问:"怎么就丢你的人了?你是嫌这东西土气,不值钱?"富丫头说:"我不喜欢你送礼!太低塌!"——"低塌"是老家的方言,刘小水估摸放到书面上,应该等于卑微,或者是贱。

她又看了一眼这一袋子的"甜蜜蜜"。七块钱的东西,说到净本儿也就是五块。做生意时间长了,她见一样东西就爱算算本儿算算利,成了习性。没法子,活一天就得跟钱打一天交道。柴米油盐,房租水电,进货卖货……每天一睁开眼,就得想着今天得挣够多少才算有了自家的本儿。自家的倒也罢了,好歹心里有个谱儿,最怕的是额外伸来的那些个手,娘家的,婆家的,亲戚的。"在省城都开着买卖呢,手头活便……"是啊,手头是活便,可锅再大也搁不住窟窿多啊。都以为她有钱,她哪有那么多?暑假里,儿子余钱帮她做生意,在夜市上算账算得飞快,边算边对她说:"妈,你给我起的名字可真好,人人都离不开。你仔细听听,谁说哪句话不带个钱?"

她就留出一只耳朵,一听还真是。

"烩面多少钱?"

"三块。"

——这是烩面摊儿上的。

"老板，多搁点儿醋！"

"不是我心疼醋钱，再搁就不是那个味儿了……"

——这是酸辣粉摊儿上的。

"老板，来，帮我们照张相！"

"中啊。再挤一挤，再挤挤，好嘞，说：茄——子——"

——这是麻辣串摊儿上的。刘小水暗暗寻思：这几位可没说钱。可好像就是为了驳她，一个女孩子顿时叫了起来："说什么茄子啊，早就 OUT 了！现在流行说的是：抢钱！我们一起来说：抢——钱——"

有一段时间，她总是收到假票。一张假票到手，一天就白忙活了。小本生意，这个亏他们真是吃不起。于是每天晚上忙完了，她就开始练功夫：摸钱。她闭上眼睛，像盲人一样摸。五毛也就算了，一块的就不能放过。练到最后，她的眼前开始飘着一张张的毛爷爷：绿色的，紫色的，月蓝色的，土黄色的，红色的……这些毛爷爷她可是太熟悉了：梳着大背头，穿着中山装，看着右前方，微微笑着。他笑得可真和气啊。刘小水忽然发现，这些毛爷爷不仅笑得和气，还笑得活泛泛的，嘴角还会动呢。票子就在她眼前飘着，毛爷爷的笑就在她眼前和气着，本来有心想抓，可她看着毛爷爷的笑，就不敢了。她心里明白：这些会动的毛爷爷可不是钞票上印的画儿，能一抓一卷地塞到口袋里。可这么多毛爷爷在眼前晃着，她心里真痒痒。又没有人看见——这可是她的梦啊，她的梦可没有旁人进来啊。她刘小水就有这个本事，在梦里还知道自己是做梦。既然是梦，反正是梦，那抓一把应该没关系吧？她看看左右又看看前后，都是一团团浑浑噩噩的雾，像在掩护她似的。她就壮了壮胆子，冲着和和气气的毛爷爷伸出了手……

胳膊被狠狠地捅了一下，刘小水一激灵，睁开了眼睛。

"妈！"在一片喧闹的读书声中，富丫头小声呵斥。刘小水笑了笑。她捏出一个"甜蜜蜜"，又放进了嘴里。旁边一个穿裙子的女家长斜了她一眼，轻轻道："上课不准吃东西。"

刘小水停止了咀嚼。她紧紧地绷住嘴巴，将"甜蜜蜜"默默地含住，含到后来，腮帮子都有些疼了。

五

"请注意，坐正了！挺直了！安静了！"老师绷紧了嘴角，带着一点点微笑，静静地看着教室。教室马上跟着老师静下来。仿佛老师的静是一个神秘的漩涡，能吸进去全班的静。突然间，老师说话了："下面我们开始开火车！哪一组先当火车头？"

"我们！"

"我们！"

"我们我们我们！"

孩子们举起的手臂如一片突然生长出来的小树林。孩子们的说话声如树林里小鸟叽叽喳喳的叫声。老师把右手的食指竖在唇边，用口型做出一个"嘘"，然后笑道："第一组！"

一小群孩子们发出一阵胜利的欢呼。

老师又环视了一遍教室，郑重其事地张开了嘴巴："热——"

"热乎乎！"——"热门！"——"热天！"——"热水！"——"热菜！"——"热汤！"——"热烈！"——"热心！"——"热心肠！"……

听着听着，刘小水就明白了。原来是接力组词比赛。竖着为一组。孩子们一个个站起，又一个个坐下，小椅子随着孩子们的动作唧唧呱呱地响着。有性急的孩子早早就站了起来，紧张地等待着属于自己的庄严时刻，仿佛自己嘴里含着的词是一颗烫烫的炭，早一点吐出就早一点不烧自己的舌头。而一旦听到自己琢磨的词被别人说着了，他们马上就会发出响亮的叹息声。

开着开着，孩子们就把火车开远了："热狗！"——"热人！"——"热钱！"——"热牌！"——"热辣！"——"热舞！"——"萨拉热窝！"

孩子们还没什么，家长们倒哄地笑了。老师笑着做了个停止的手势，道："都很好，下面这个词从第二组开始，透——"

"透气！"——"透明！"——"透明装！"——"透光！"——"透透的！"——"透漏！"——"看透！"——"说透！"——"想透！"——"湿透！"——"透湿！"——"透视！"——"湿透透！"——"透透湿！"

最后几个像是绕口令，说着说着孩子们就又笑了。

老师竖起了右手的食指，仿佛有一个字已经站在了指尖上："游——"

"旅游！"——"游览！"——"游人！"——"游客！"——"上游！"——"中游！"——"下游！"——"游伴！"——"游牧！"——"游船！"——"游湖！"——"游园！"——"游荡！"——"游击！"——"游击队！"——"游击战！"……孩子们的声音如一朵朵无形的花，肆无忌惮地开放在空气中，这个字他们似乎格外有感觉，老师似乎也格外想试试孩子们的本事似的，任由他们说开去。不知道说了多少，也不知道说了多长时间，仿佛全班的孩子们都说了一遍，火车却还在往前开着。直到刘小水又打了个盹儿醒过来，孩子们还在争斗着，不过争斗的节奏明显慢了下来，如大年夜的鞭炮放到了最后几声，零零星星地炸着："游戏机！"……"游戏规则！"……"游刃有余！"……"游手好闲！"……"游

101

山玩水！"……"游方和尚！"

连游方和尚都冒出来了。老师笑起来，正要做出停止的手势，一个孩子突然叫道："游泳！还有游泳没有说！"

接着，鞭炮的鸣响骤然又热烈起来："蛙泳！"——"蝶泳！"——"仰泳！"——"自由泳！"……

"等等！"老师终于忍不住了，"我们说的是游，怎么跑到泳上了？"

教室里又爆炸一般笑起来，或许是因为后面坐着家长，一些小家伙故意笑出几分夸张的兴奋，要不是老师用目光压着他们，他们肯定就蹿到桌子上去了。

"不过，也难怪同学们会对这个字特有感觉。这个字是我们的新朋友，还是新朋友里长得最复杂的最难写的一个。大家可以仔细认识认识它。"老师说着，转身在黑板上一笔一画地写出了一个大大的"游"字，边写边道："请注意我的笔顺哦。按笔顺写出来的字才会好看哦。我们古人写信的时候常说见字如面。字，就是我们的另一张脸，我们可要让我们的这张脸又帅又靓哦……"

六

安静的教室越发显得暖和了。教室里的气味品种很齐全：

女孩子们轻微的汗腥味儿，男孩子们酸酸的汗臭味儿，妈妈们的香水味儿、面霜味儿、油烟味儿，爸爸们的皮革味儿、烟味儿、酒味儿，爷爷们和奶奶们散出来的老年人特有的霉腐味儿……

隔过富丫头的肩膀头儿，刘小水看见她已经写到了"穿"字。富丫头的字敦实大方，周周正正，耐看得很。随着富丫头的笔，刘小水也用手指在膝盖上一笔一笔地写着。已经很久没有这么写过字了。写这无用的字。——可不是吗？平日里写字都是有用的。银行存取款签名，给富丫头的卷子签名，租房协议签名，给进货的老板留联系方式签名……已经多少年没有单单为写字而写字了，像现在这样？

远远地看着富丫头课本上的那些字，她忽然觉得那些字都有些不像那些字。似乎不是少了一个点儿，就是多了一个钩，一派奇奇怪怪的模样。这是怎么了？怎么这些字都跟自己这么生分了？好歹自己也是上过高中的人呢。燕庄这么多小摊主里，平日就数她买报买得多呢。她忽然又想起富丫头给她讲字的事情来。那天晚上的饭桌上，说起了写字，富丫头问她："妈，你知道咱们的字都是怎么来的吗？"

"仓颉造的呗。"她说。很有些得意。那些个小摊主，有几个知道仓颉呢？

"那是传说。仓颉一个人不可能造那么多字。"仿佛印书一般,富丫头一板一眼地说,"我们的汉字是几千年来人民群众集体智慧结的晶。"

"那你说说,人民群众到底又是怎么结的晶?"刘小水忍住笑问。

"是画来的。"富丫头说,"你想想,山不是山样?水不是水样?火不是火样?"

"可不是嘛。一是一样,二是二样,三是三样,万还是万样呢。"她抢白她。常常地,抢白富丫头是她的一种享受。

富丫头没回嘴,只是用食指蘸上水杯里的水,在饭桌上写了三个并排的"木"字。

"我看出来了,一个木是木样,两个木是林样,要是把这个木放到这俩木上头,那就是一个森样了。"刘小水依然打趣。

富丫头依然没还嘴,她默默地在左边"木"的竖的上头画了一个长横,在右边"木"的竖的下头画了一个短横,方才一字一句地对刘小水说道:"木字上头加一横,就表示树梢,这就成了末字。木字下头加一横,就表示树根,这就成了本字。本末倒置这个词听说过没有?就是头尾颠倒的意思。这就是木、末、本,这三个字的关系,你懂了没有?"看着刘小水吃惊的样子,她这才得意地晃了晃大大的脑袋,"老师说,专门有一种学问是研究咱们汉语历史的,叫古代汉语。

上大学我们就能学这个了。"

"那，未呢？"刘小水忽然问，"未这个字，是不是也和木有关系？"

"不知道。"富丫头有些瘪了，"老师没讲。明儿我替你问问老师。"

七

老师走得很慢。就该这样地慢。不慢就不对了。——她得时不时停一停，给孩子们指拨指拨毛病呢。刘小水忽然觉得老师很像一个庄稼把式，一边察看田里的苗儿，一边给苗儿锄杂草。——她不由得笑起来，知道老师和庄稼把式这个词很不搭。富丫头的日记里，就说老师是"人类灵魂的工程师"。可她忍不住就要这么想。

"别讲速度，写得快并不重要，"老师以和脚步一样的速度慢慢地说，"重要的是写得对，写得好……"

"报告老师，"有个小男孩举手道，"要是写得又快又对又好呢？"

这是个爱吃劲儿的别扭孩子。家长们都无声地笑了，老师走到小男孩跟前，摸了摸他的头："那当然就太完美啦。"

刘小水的眼睛追随着老师。富丫头的嘴巴上整天粘着的，就是这个老师吧？有的孩子已经写完了，看看周围，互相比较着，发出蜜蜂一样轻微的嗡嗡声。

"写完的同学不要打扰别的同学，可以默默地读课文，也可以趴在桌上静息。"老师说。

刘小水无声地笑了。这老师是好，怎么看都好。课堂刚才虽然乱得有些不成体统，可在她的娇纵里孩子们也真是学得有趣，有兴致。所以乱得也真是好。就"静息"这两个字说得也好。听听，不是歇歇，不是休息，是静息。有多少意思在里边！这个姑娘，不简单呢。不过，她的调调可是有些……怎么说呢？有些像电视里的台湾腔，有些嗲。——不对，也不是电视里的，现在很多人都这么说了，那调调打的，比这老师可花哨得多新鲜得多。每天在夜市上，她满耳朵都是这样的声音："他们真能搞啊。"……"要不要挺他？"……"我顶。"……"赞！"……"很潮。"……"衰人！"……"我有去看她！"……"好拉风哦。"……"I 服了 You！"……"我晕！"

这些话倒常常让她觉得有些晕。都快四十的人了，突然连话都听不怎么明白了，好像白活了似的。又不好意思问别人，只有回家请教孩子们。余钱住校，不常回来。那就只有富丫头。那天，她听到一个女孩骂另一个女孩"四十"。

"这个，你懂不懂？"富丫头正做着数学作业，顺手在演草纸上写下一个"三八"，道，"香港电影里常有的。"

"知道。"刘小水说,"就是骂女人的呗。"

富丫头又写下一个"二":"这个呢?懂吗?"她抬起头,强调道,"北京话。"

"你说呢?"刘小水有些怯了。

"就是二百五的简称。意思就是不照脸儿,不靠谱儿,胡来。"

"我懂,懂。"刘小水忙不迭地点头。二百五在乡下有好几个叫法呢:一钉砖,半封银……

富丫头在"三八"和"二"之间画了一个大大的加号,又在"二"后面画了一个等号,看了刘小水一眼,才重重地在等号后面画了一个大大的问号,道:"三八加二,你说等于几?"

若论说话,刘小水还是愿意回乡下。偶尔回乡下一趟,听听乡下那些话,她才会踏实一点儿。那些话多亲哪。"野的,咱来野的!"……"收成不赖!"……"将将就就吧。"……"又去哪儿日哄人了?"……"明年扎根基,起房!"……"老婆子纺花,慢慢儿上劲"……

再返回城里的时候,她就会有些恍惚:这是一个世界上的声音吗?

是的,这是一个世界上的声音。她知道。外国话,中国话,城里话,乡下话,电视上的话,书里的话,家常话,正话,歪话,

107

新话,老话……都是这个世界上的声音。都是。这杂七杂八的声音如无边无际的海,刘小水常常会觉得有些害怕,仿佛这个声音的海会把她淹没,她不会游泳,蛙泳、蝶泳、仰泳、自由泳,她一样也不会。这些声音让她莫名其妙地觉得孤独,好像这海里就她一个。活在这世上,就是为了被这些声音淹没吗?——听哪,听哪,来了,来了,那些声音又来了……

她又一激灵。是富丫头又在捅她。方才,她又睡着了。

八

捅完她,富丫头就站起来,朝讲台上走去。刘小水揉揉眼睛,心提了起来。这个丫头,她上讲台上干什么呢?哦,还有好几个孩子都正往讲台上走去,不止富丫头一个呢。

她看看手表,再有八九分钟就下课了。

孩子们围到老师跟前,伸出小手。老师笑嘻嘻地给他们每人发了一个纸牌子,道:"老师发哪个是哪个,不准换哦。"

等孩子们将牌子拿在手里,刘小水才明白过来,原来是演戏呢。是要把课文里的东西再演一遍呢。富丫头也算一个争取到了角色的演员呢。刘小水数了数,一共七个。

"老师,谁演夏天呢?"一个手拿小雨滴的男孩子问。

"我呀。"老师有些调皮地歪歪头,说。台上台下的孩子们都哈哈大笑。

"同学们,我们的电影马上就要开拍了。"老师紧并着双腿,笑盈盈地面对着台下那些不是演员的孩子们,"谁是导演呀?"

"我——们——"孩子们齐刷刷地说。看来他们对当导演都很有经验了。

刘小水的心里一热。多可人的老师!

演出开始了。老师的手势很雅气地舞动着,念完了第一段。然后是小雨滴男孩,他比画着让自己从空中落下,在讲桌上摆出睡着的模样。接着小鱼女孩上场,她摇头摆尾地在讲台上走了一遍。刚走完就有同学举手,批评道:"小鱼应该吐泡儿,她没吐。"

然后依次是蝴蝶女孩翩翩地飞,蝈蝈男孩蹦蹦跶跶地跳,轮到星星和月亮上场时,两个男孩合作了起来,星星像猪似的推搡着月亮,月亮则慢悠悠地不慌不忙地任他推搡着。等他们表演完了,老师要求他们解释,星星言简意赅地说:"众星拱月嘛。"

一屋子人都笑翻了。

富丫头在喧闹中出场了,她演的是荷叶。富丫头脸圆,身材壮,还别说,台子上的孩子们还就她适合演荷叶呢。她高高地举着画有荷叶的小纸牌,仿佛真就举着一片荷叶。

……

小鱼来了，

在荷叶下嬉戏。

雨点来了，

在荷叶上唱歌

……

"荷叶"在富丫头的手里，一会儿晃到左边，一会儿晃到右边，仿佛在感受风的吹拂，又仿佛在感受雨的重量。小鱼和雨点也都用稀奇古怪的自创动作配合着富丫头，讲台上顿时热闹到了高潮。在近乎聒噪的喧哗中，刘小水默默地看着富丫头。这是她的富丫头，在省城生，在省城长，好运气的富丫头，出生的时候是在省人民医院，这可是省里最好的医院啊。幼儿园上的是燕庄村自己的幼儿园，别看是城中村的幼儿园，水平还真不错呢，还是双语呢。到了上小学的年龄，本来以为没有省城户口，上不了好学校，没想到凑巧碰到了上面的政策，说是给民工子弟寄读提供条件，一丝一毫力气没费，她就上了这个区里的重点儿。这个富丫头，这个和城里孩子一样连米和面从哪儿来都不知道的富丫头，这个从来没见过庄稼怎么长大的富丫头，刘小水知道，她这一辈子是不会再回乡下了。她赶上了好日子。

——好日子。什么是好日子呢？昨晚男人和她在枕头上聊到以前的一个邻居，开出租车的那家，在燕庄住了十来年，去年终于攒够了钱，付了首付置了新房，欢欢喜喜地搬了出去。男人说进货的时候在街上看见那家的出租车了，男当家的载了个描眉画眼的小女人，两人有说有笑，一看就是腻得过了头儿。

"人家可熬出头了。"男人说。毫不掩饰自己的羡慕。

"等咱有钱了，我不拦你。"她说。男人也曾是荒唐过的。小小的。

男人扑哧一声乐了："那你也找一个，我也不拦你，啊？"

两人都孩子般笑起来，仿佛在说着一件最好玩的事情。要说，男人还算是好男人呢，还对她说这种疯话。要是还在乡下，别说叫他说这种疯话，就是她自己去说一句半句的，他就得把她打个半死……可是，真的也是疯话呢。有钱买新房了就是好日子吗？有钱了再找一个就是好日子了吗？有钱了……刘小水想起富丫头给她讲的那个"未"字："老师说，未字就是没有的意思。"

"跟木没关系吗？"

"老师没说。我猜可能有关系，只是可能啊。"富丫头说话越来越讲究了，"我猜啊，未指的可能是树梢没长出来的那部分。"

"未就是没有……"刘小水不甘心，"那未来呢？不都喜欢说未来怎么怎么的吗?"

"就是因为还没有,大家才爱说。要是有了,那还有啥可说的?"富丫头说得很圆。

刘小水不吱声了。未就是没有。她没有想到这个。怎么会是这样呢?未怎么会是没有呢?

九

孩子们还在台上,又开始了新一轮的表演。这次表演的核心是几个重点词。老师的词是"热情",笑得跟什么似的。"小雨滴"的词是"透明",这个词把他难为得不得了,小鱼的词是"游",蝴蝶的词是"穿梭"……台上和台下都笑声连连。刘小水忽然觉得这种表演有点儿荒唐。把句子从文章里单剥出来,又把词从句子里单剥出来,这不就跟把庄稼从地里单剥出来一样吗?这不就跟把一天从长长的日子单剥出来一样吗?——这不就跟把这一刻从这一天里单剥出来一样吗?这可不就是有点儿荒唐吗?

刘小水不能想象。她不能想象这种单剥。她忽然觉得自己就是那个被单剥出来的字——木。自己就是那个木,是被从林里单剥出来的那个木,是被从森里单剥出来的那个木。余钱和富丫头就是她的"末"。终归有一天,她这棵木会把"末"

留在城里,然后和同样是单剥木的男人回到他们乡下的"本"里去。

而未呢?

——未就是没有。

看着台上的富丫头,刘小水的心里一绊一绊地疼痛起来,仿佛富丫头远得像电视里的人,电视一关就不见了。

……

荷叶像一柄大伞,

静静地在荷塘举着。

……

老师让富丫头表现的重点词是"静静"。讲台上的她果然一动不动地举着那片莫须有的荷叶,像一尊小小的雕像,很庄重。当然她的庄重引来的仍然是一阵欢笑。刘小水忽然明白自己为什么不喜欢荷叶了。自己这一辈子,可不尽当荷叶了吗?顶风冒雨,下面还养鱼养虾养藕……一瞬间,一种莫名的委屈感汹涌上了刘小水的胸口。她突然觉得自己怎么就过得那么可怜呢?日子是越过越好了,她知道。——她都能坐在省城的学校里看富丫头表演荷叶了,这还不好吗?可为什么她还是觉得自己过得可怜呢?是因为一天赚不到一百块钱吗?是因为从早到晚的辛苦吗?好像都有那么一点点。可是要是一天能挣够一百呢?如果一天能挣两百甚至三百呢？就不可怜了吗？要是自己什么都不干，清清闲闲的，把胳膊揣在袖子里，整天坐在马路牙子上看野景，要是这样都有人论天儿给自己送两三百块钱呢？——当然这是说胡话——可真要那样的话，那自己就不可怜了吗？可怜。刘小水还是觉得自己可怜。她有些糊涂了。她不知道为什么她就觉得城里的自己和乡下的自己，忙着的自己和闲着的自己，赚钱的自己和不赚钱的自己，赚小钱的自己和赚大钱的自己，一切一切的自己，都是那么可怜呢？

刘小水难过起来。她的难过越来越深，越来越深。下午最后一缕阳光很温柔地照在她的身上，这更让她难过了。她不知道自己是怎么了。自己这是怎么了呢？都不像平日里的自己了。自己怎么就不像平日里的自己了呢？可她就是难过，就是控制不住自己的难过。

富丫头已经表演完了。她的完成当然意味着全剧的完成。台上的富丫头规规矩矩地，有模有样地朝台下鞠了一个躬。其他的孩子也赶紧跟着富丫头鞠了一个躬。哗哗的掌声里，刘小水深深地低着头，一手拎着"甜蜜蜜"，一手去捂嘴巴。她的内心充满了羞愧和恐惧。她知道掌声一停下来，全屋子的人都会听到她乱七八糟的哭泣声。

《延河》2010年第10期

名家点评

乔叶小说特别是中短篇小说中,女性形象确实占有相当大的比重,她或者选取女性人物生活的某个阶段、片段作横向的切片,去探讨人物的生存状态,去读取人物的某一性格特征,去分析她与世界的某种联系、纷争和矛盾,如《语文课》《打火机》《失语症》《黄金时间》等,或者会为笔下的人物立传,在一个相当长的生活史乃至人物的一生中去纵向地叙述人物总体的人生经历,在复杂的人生遭遇、多样的生命体验、不同的社会背景、多向的生活侧面中,从容地讨论人物的性格成长、命运的发展变化与存在的意义。

作家、文学评论家　汪政 ++++++++++++++

小说先从刘小水的窘态"抑"而入手，然后使小说各种元素向她聚拢、渗透、化开，使得刘小水成为核心元素从中间开花，又慢慢散开。从心理效果看，小说犹如一个菊瓣结构，让小水的情韵像菊花在四周散开。她的内心在一种"轻"中被静静地袭开，而这种"轻"含的是生活的"重"，个人的学习被意识形态所包装，工厂关门两个人下岗，"是躲计生，也是讨生计"。人生是一连串的不如意，这就是日常生活。

作家、文学评论家　刘恪 ++++++++++++++

创作谈 /

我深信生活里的故事和小说家讲述的故事有太多本质的不同,简述如下:

如果说前者是原生态的花朵,那么后者就是画布上的油彩。

如果说前者是大自然的天籁,那么后者就是琴弦上的音乐。

如果说前者是呼啸奔跑的怪兽,那么后者就是紧贴肌肤的毛孔。

如果说前者的姿态是向前,向前,再向前,那么后者就是向后,向后,再向后。

如果说前者的长势是向上,向上,再向上,那么后者就是向下,向下,再向下。

如果说前者的嗜好是大些,大些,再大些,那么后者就是小些,小些,再小些。

如果说前者指着大地说"我的实是多么实啊,就像这一栋栋盖在地上的房子",那么后者就会指着自己的胸膛说"我的实是另外一种实,就像扎在心脏上的尖刀"。

如果说前者的样子用一个词形容是好看,那么后者的那个词就是耐看。

如果说前者的歌词是"我们走在大路上",那么后者的歌词就是"一条小路弯弯曲曲细又长"。

如果说前者的声音是"是这样的,不是那样的",那么后者的声音就是"可能不是这样的,可能是那样的,还有另外一些可能……"。

当然,所有后者都有一个前提:那个小说家,是一个响当当的小说家。

乔叶《在这故事世界》
《时代文学(上半月)》2014 年第 1 期

鲈鱼的理由

一

我慢慢地旋转着变焦环，调整着焦距，在取景框中让镜头接近鲈鱼的脸。接近，接近，再接近，无限接近，直到把她脸上的坑坑洼洼斑斑点点都显露出来。这张脸，我看了那么多次，却从没有这样仔细地看过。她眼睛周围已经有了皱纹，已然是中年妇女的脸。但是她目光灼灼地面对着镜头，眼神里满是兴奋和欣悦，这又使她简直就像一个少女。

"好了没？"

我把焦距又慢慢调整回去："好了。你收着点儿，别跟演戏似的。"

她做了个鬼脸，把脸转过去，躺到床上。最重要的道具是那个男人。鲈鱼很会摆 pose，一会儿用手搭着他的背，光洁的手臂映衬着男人壮实的肩胛骨；一会儿用大腿压着男人的大腿，男人浓重的腿毛在镜头里颇有几分性感；一会儿又轻轻地摸着男人的脑袋，俨然正在酿造一个让人骨酥肉软的温柔乡……

咔哒，一张。咔哒，又一张。咔哒，咔哒，咔哒。好相机就是好，这么暗的光线也能把想要的感觉给捕捉到位，一点儿不耽误。

男人酒气浓郁，鼾声如雷。而我只是咔哒，咔哒，咔哒。

所有照片的重点都很明确：鲈鱼的脸。男人是最重要的道具，但也只是道具而已。

拍够了，我和鲈鱼走出家门。在小区小公园的桂花树下，我们坐下，一张张地翻看。鲈鱼不时地疯笑着感叹：我挺妖娆的呀。我还蛮性感的。你拍得还真是不错，当然还是我底版好，哈哈哈哈哈……笑了一会儿，她不笑了，看着我："谢谢。真是谢谢。"

"得了吧。"

"你放心，我一定管好自己的嘴巴。"她说。

二

自从鲈鱼的晚青春期爆发以来，我们就开始叫她鲈鱼。已经四十出头的女人了，还整天忙着到处钓男人，可不是晚青春期爆发吗？鲈鱼是她 QQ 聊天时的网名。她原本姓卢，这名字倒也顺。她说起这个名字的时候她想起了范仲淹的那首《江上渔者》："江上往来人，但爱鲈鱼美。君看一叶舟，出没风波里。"

鲈鱼钓男人是为了离婚。这事情听起来更是典型的晚青春期症状。试想这清平世界，朗朗乾坤，哪个正常点儿的女人不是因为先和别的男人出轨了才会去想离婚？可鲈鱼不是。

她反了个个儿。当她把我们三个闺蜜召集到一起说这事的时候，我们面面相觑，许久没有人说话。

"真没有人？"大丽问，很不甘心的样子。

"真没有。"鲈鱼淡定。

"那是他有人了？"小锦又问。她的眼神很轻，轻后面又是无尽的重。

"也没有。"

"不是你有就是他有，反正一定有，不然这么稳当的婚姻你怎么会舍得不要？"小锦说，"当着我们几个你还装呢？"

小锦是个大学老师，她老公也是。小锦是副教授，她老公高她一级，是教授，加博士生导师。作为正值壮年的博导，他收下的女弟子是后浪推前浪，一浪一浪踏浪而来，哗哗哗在小锦的沙滩上发出夜以继日的声响，因此小锦的神经也一直在紧绷着。我们常笑她：左手执矛，右手执盾，时刻准备为婚姻而厮杀鏖战。两年前博导还为一个女学生跟小锦闹过一次离婚，在小锦竭尽所能的威逼利诱下方才罢手，小锦为此大病了一场。

"有了就说出来，咱们一起想办法！嗯？"小锦的眼神像刷子一样刷着鲈鱼。

鲈鱼说没有。她说在有了离婚的念头后，她甚至希望他是有人的。她说这在理论上是成立的：她不想要的人，当然也有可能别人想要。如此的话,她也不用有什么负罪感了,最好不过。但是,他没有,真的没有。他的手机、衬衣、内衣都没有任何的蛛丝马迹。让她失望。

"真没有?"

"真没有。"鲈鱼看了大丽一眼,"谁有谁是狗。"

"呸,你才是狗呢。"大丽笑,"要我看,你这是典型的审美疲劳。"

"或许吧。"

"他管你严吗?"

"不严。"

"那你再找个人让自己不疲劳就行了,离什么离?真幼稚!"大丽稍作停顿,"若要离,除非一条——有了更好的下家。"

大丽单位在城北,她老公单位在城南,两个人都在电视台工作,她在市台,她老公在省台。女儿住在城中心,由爷爷奶奶照顾。夫妻两个早就形成了默契。周一到周五各自风流,周六周日在一起做周末夫妻。大丽一直艳遇不断,情人对她来说就是一日三餐那么家常。她老公也是如此。我见过她老公,一点儿也没有戴绿帽子的晦暗神色。大丽曾经无数次地说自己的婚姻形式在这个世界上最完美。她鄙视离婚,说离婚是对孩子极大的不负责任,也是心理极端不成熟的表现。

"别作了，作来作去的，害的都是自己。"小锦朝向我，"和我比比，她就是身在福中不知福，是吧？"

我沉默。什么是福呢？这就是福吗？如果这就是福，那么福这个字看起来也真是太过平常。

"亲，你具体给我们说说，到底为什么要离婚？让我们几个给你开解开解。"大丽说。

"这个问题我已经跟我娘家人都说过了，他们都骂我是昏了头。再和你们说一下也无妨。不过你们听好，我不会再重复的。"鲈鱼说。

三

我想离婚的念头三年前就起了。三年前他去基层挂职，一个月才能回一次家。就是那时候开始起的。

最开始，他去挂职的时候，我还有些不习惯。每天他会给家里打电话，我也会给他打电话。他担心孩子的学习，问家里的日常事情，我也担心他孤身在外缺少照应，说实话，更担心他管不住自己，犯男女错误。给他打电话，也是警醒着他的意思。那时候，我们这么各怀着心思打着电话，倒似乎比见面时还亲热。毕竟十几年了，天天见日日见，这么一分开，倒有了一些依恋和新鲜。

不过这种感觉很快就过去了。两三个月之后,我们就都适应了。他的电话少下来,我的电话也少下来。天天打,有什么可说的呢?反正不在一处,工作上的事根根梢梢太多,自然是不用去说。生活上的事说过几十遍上百遍,也就都听得够够的。都知道彼此的脾性,都知道不会折腾出什么大波折,平安过日子也就罢了。因此,渐渐地,一天两天,三天四天,后来基本固定下来一周打一次电话的模式,叙叙最家常不过的家常。平时的安静是应了那句话:没消息就是好消息。

又过了半年,孩子上了高中,寄宿在了学校。平日里我除了伺候他就是伺候孩子,现在两个人都不用再伺候,我一时还真有些不适应。就像一个背惯了重包袱的人猛地卸下了担子,我走路都有些踉踉跄跄地打飘儿。不过我很快习惯了这种状态,也享受起了这种状态。时间突然多得让我像个富婆,可以阔阔气气地去花。很多以前没时间做的事情我都有了时间做。我学了游泳,买了单反相机,参加了一个户外旅行组织,活得倒比以前更有滋味了一些。当然,也认识了一些男人。那些男人喜欢我,我也喜欢他们。可我们只是淡淡地喜欢,确切地说只是有距离地欣赏,其他什么都没有,干干净净清清爽爽的……就是这样。

渐渐地,我越来越不想他。渐渐地,我就想离婚了。真的,我们之间也没有什么矛盾,可我就是起了离婚的念头。我觉得他越来越陌生，越来越让我厌烦。我能不和他说话就不和他说话，能不让他碰我就不让他碰我，他做什么我都觉得别扭。细节？挺多的。比如他去厨房盛饭前不喜欢洗手。他一向不喜欢洗手，我已经说过他很多次，他都不改。还有，他没事儿就喜欢挠头发，把头皮屑挠得哪儿都是……就是这样的小事。那天，我看着他没有洗手就去盛饭，张了张嘴，想要说。可我闭上了嘴巴。我想：有什么意思呢，说这个？不洗就不洗吧。吃饭的时候，我不看他的手，也不看他的人。那天过去后，我忽然发现这样也挺好的。真的，就这样。不管他怎么样，他爱怎么样就怎么样，我就当他是个外人。这样真的也挺好的。想来也是奇怪，自从那天之后，他的那些小毛病我就再也没有了想去纠正的欲望，一点儿都没有了。对于他，我基本可以做到熟视无睹，视之无物。

有时候，我也翻开影集，看着过去的照片，想着过去两人好的那些情形，就纳闷儿：以前怎么就有那么多话跟他说呢？怎么就觉得他那么亲呢？怎么就那么怕他有外遇呢？怎么就那么怕他有一天不要我呢？真是奇怪啊。

四

鲈鱼说，提出离婚的那天是一个周日。晚八点，她和他已经吃过了饭,他正在沙发上看电视,她在厨房忙活完,洗干净手,搽好了手霜,在他旁边坐了下来。

日光灯滋滋地响着。他的手在不停地按遥控器。湖南卫视、央视体育频道、广东卫视,最后定在咱们郑州商都频道,里面正在打麻将,对,就是那一档《麻将英雄》。他喜欢打麻将,爱屋及乌地也喜欢看这个节目。看着看着他就会说:出错牌了,又出错牌了。有一次,他在外面打了一整夜麻将,第二天早上才回家,鲈鱼说了一句:打麻将有什么意思啊,值得你这样。他立马睁大了双眼:你去叫两个人来,我打给你看!那意思,多了去了!

鲈鱼说,那个周日的晚上,看着他这个麻将英雄,她对自己说:我也要出牌了。管它错不错呢,反正这牌我是要出了。

"离婚吧。"她说。

他看了她一眼。他的眼神是有些诧异的。鲈鱼说,一瞬间,她也有些怀疑自己有没有说过刚才那三个字。他不会以为他刚才听到的是电视剧里的台词吧?

她拿过遥控器,把电视的声音调小。

"离婚吧。"

微微的沉默。

"你说什么?"许久,他终于问。

"离婚。"

鲈鱼说,这时候,她暗自舒了一口气。万事开头难,开了头,就好了。当然也许更坏。管它呢。

"怎么了?"

鲈鱼说,这是她预想中的问话,答案她也预想了千百遍。也许她该从头说起,点点滴滴。但是,那一刻,她没话说。她看着地板,想起不知是谁说的话:过去的人头顶天脚踩地,现在的人头顶天花板脚踩地板。

"你不是在开玩笑吧?"他问。

鲈鱼说,她知道他会这么问的。很多时候,这句话是个温暖的窝。无论多么冷的话,躲进这个窝里就会不挨冻。

"不是。"她看着他。

他却没有看她。

"有人了?"

她知道他也会这么问的。

"没有。"

"那,为什么?"

鲈鱼说,这句问话也在她的意料之中。对于这句问话,她总归要回答的,一定要回答的。于是她就张开了嘴,把刚才对我们说的话向他说了一遍。她说虽然她知道自己的回答也并不是她心中确凿的理由,但已经是她能够说出的最好的理由了。既然无论什么猫只要能逮住老鼠那就是好猫,那么无论什么理由只要能够说出口，那就是好理由。

"还是说点儿正经的吧。"不知道沉默了多久，他终于说。

她看着他。正经的？什么是正经的？

"你肯定有人了。"

鲈鱼笑。鲈鱼说当时她就是想笑，笑过之后就进入了平静。她说，是啊，他这样的男人，还能怎么想呢？她方才所说的一切——因为学会了游泳，因为有了单反相机，因为参加了户外旅行组织，因为那些从不曾上过床的男人……这些理由对他来说，都不够正经。最正经的一定是：有个男人在给他戴绿帽子。

"没有。"

"我不信。"

是的，他肯定不信。他宁可相信她在某个地方存在着一个有形的男人，也不可能相信她方才说的那些话。那些话不疼不痒的，居然能导致离婚？切。

"想要离，你得说出充分的理由。没有充分的理由，我不会同意。"

她沉默。充分，这个词的背后无非还是说她"有人"。

鲈鱼说，从那以后，他开始跟踪她，像一个蹩脚的业余侦探。他不时往她办公室打电话，还半夜翻查她的手机。这些她都知道。她只任他查。起初她只觉得他下流，猥琐，觉得自己坦坦荡荡，身正不怕影子歪。后来她才觉出自己从容得有多么虚妄：这么拖着耗着，再拖耗个五年八年，甚至十年二十年，那她再从容又有什么意义呢？

时不时地，他也为她做了一些改变。比如盛饭前偶尔会先洗手，比如挠头发挠完了偶尔也会把挠下来的头皮屑给清理一下。可是这些习惯已经在他生命里窝盘了那么久，哪能一时半刻就打扫干净？而且他的神情压根儿就是不觉得自己有什么问题，就是觉得自己是在为她委曲求全。改变是这样言不由衷，自然更不能彻底地落实到行动中。因此他偶然想起来改一回改两回来敷衍她，只让她觉得更可笑。还有，他还以为也有自己性能力下降的原因，开始风风火火地喝药酒，吃补药，不时雄赳赳气昂昂地向她求欢……

"你们之间，性的问题真不是问题？"大丽突然压低了声音，暧昧地问。

"不是问题。就是有问题那也是因为我，我性冷淡，根本不想让他碰。" 鲈鱼皱着眉，仿佛已是满目不堪。她说对她来说，性的问题确实不是问题。或者说，只是问题最细枝末节的部分。谁都会老，谁都会有做不动的那天。可怕的不是做动做不动，或者做多少次，以及做的能力有多强，而是做之前和做之后的时光。和他在一起的这些时光，是那么干涸和漫长，让她枯萎。因这枯萎，做本身也显得极为滑稽。

每当两具肉体在一起纠缠的时候，她内心就会立起一面镜子，映照着他们在床上的影像：两个乏味的中年男女，心灵隔得十万八千里的中年男女，做爱更像是一种莫大的讽刺。

"你可真够文艺的。"大丽冷笑。

鲈鱼说，还有一点她自己也觉得越来越不可控：像癌细胞扩散一样，他越来越多的细节都让她厌烦到了憋气乃至恶心的程度，比如他挖鼻孔的样子，他热的时候翻卷背心露出肚皮的样子，他笑起来的样子……对于他，她再不能做到熟视无睹，视之无物。总之，整个儿都不对，越来越不对。

但他就是不同意离婚。男人的面子在那里放着，他没有再说有人的话，可他的话外之意弦外之音总是指向一个男人的存在。而且，随着她和他冷淡程度的加深，他也表现得越来越害怕。有时他甚至隐隐绰绰透露出这样的意思：你有人就有人吧，只要不对我明说就行。

鲈鱼说，体会到他这层意思，她更觉得他让她绝望。一个男人，想维持一份婚姻到了这个地步，到了完全没有自尊的地步，这真是让她无法忍受。——而且，他不是因为爱她才想维持这一份婚姻，他只是害怕离婚。或者说，他只是懒得离婚，懒得改变。她知道，很多男人到了一定年龄，最害怕的事情就是改变。如果事情一旦走出了他的既定逻辑，他就惶恐得不知道该怎么办才好。

"至于吗?离婚是天塌地陷的事吗?离了又能怎么样呢?世界末日就到了吗?"鲈鱼瞪着圆圆的眼睛,看起来既天真又白痴。

她更坚定地要离。他也更坚定地不同意。到了这个地步,鲈鱼说她很清楚:要想离婚,最利落的办法就是承认有个男人。可是真的没有这个男人,她总不能捏造出这么一个男人。于是她反复对他说:"真没有什么男人。跟你离婚了之后我或许会找个男人,可现在真没有这个男人。"可他就是不接她的这个茬。他说他一直觉得自己做得还不错,如果没有别的男人,她怎么可能会不想和他过?

他不能理解。他觉得这个事情很荒唐。可鲈鱼说她觉得这个事情更荒唐:和他离婚的时候她没有别的男人,这难道不是对他更大的尊重?难不成她必须得找一顶绿帽子给他戴上,他才能和她离婚?

五

我们几个坐在那里,久久无语。大丽接通了一个电话,声音顿时变得甜腻。小锦低头叮叮咚咚地收发着短信,我只好在手机里看着刚刚出炉的微博。果盘里的火龙果红皮白瓤,娇娇嫩嫩地叠在那里。手机真是好东西,让没话说的闺蜜也不至于太尴尬。

"你们说话呀。"鲈鱼撑不住了。

"你让我们说什么?你看看你说了半天都说了些什么?"小锦说,"真不知道你在说些什么。"

"就是。"大丽说,"你老公说得没错,你的理由不充分。不——充——分。"

"我一句话都不想和他说,看见他就想吐,这难道还不充分?这难道都比不上再来一个男人充分?"鲈鱼的眼圈红了。

我连忙递过纸巾。我们几个相顾沉默。充分吗?我问自己。一时间,我有些恍惚。鲈鱼说的所有这些我都懂,我想大丽和小锦也懂,但是,似乎真的也不够充分。不过,再来一个男人就充分了吗?我忽然觉得所有的充分和不充分都是如此游移,如此不具体,却也是如此顽固,如此坚实。

"孩子知道了吗?女孩子正在青春期,小心灵脆弱,别给她以后的生活造成什么阴影。"大丽的话听起来有了点儿认可的意思,已经把目标转移向了孩子,开始远虑。

"跟她聊过。她同意。"鲈鱼说。她说和孩子说的时候,孩子的大方和开明让她最欣慰。

"那多半是假象。这种伤害,对孩子来说是慢性的,一时半会儿看不出来。"小锦说,"你呀,别闹了。就是为了孩子也得凑合。"

沉默。

"再好好想想吧。不论多么审美疲劳，夫妻总是原配的好。将来你要病了，端茶倒水的，不还得他最妥帖？"小锦又说。

"他要是病了，我不也得受累？我要是病了，宁可找个护工。现在多赚钱就是了。"鲈鱼说，"我已经决定了，离婚。"

"那，你们的财产？"

"反正就是两套房子，我要小的就是了。存款都给他也无所谓。"

漫长的沉默。火龙果一块一块地少下去，最后只剩下了一小摊汁液。

"昏了头了。"大丽和小锦异口同声地下定论。

鲈鱼笑："后来，我不止一次地想，单就离婚这件事而言，可能不会有像我这样愚蠢的女人了。在这样不知死活的年龄：四十三岁。在这样看似美满的情境下：他没有外遇，我也没有。也没有什么实实在在的家庭矛盾，工作什么的也都不错，孩子也不错，刚刚考上了大学……这样的情境下我居然还想离婚，或许我真是昏了头。这世上的人，不这样想的又有几个呢？"她顿了顿，"何况你们。"

我们都沉默着。

"可是，既然昏了头，我决定昏到纯粹昏到极致。所以，我就是求你们帮我昏头来了。"鲈鱼双手合十,打着圈儿给我们作了一个揖,"现在,我越想越明白:还真是必须得找一个男人才能离婚。那就请你们帮忙给我找一个男人吧,既然这个男人是我离婚最充分的理由,既然他那么需要这么一个把柄。"鲈鱼端起茶杯,摩挲着手中的杯柄,"想想看,有了这个把柄,连杯子都更好拿一些,何况离婚这样的事?好吧,我理解,真的理解,深度理解。"

我看着鲈鱼笑。没错,那个未知的男人就是鲈鱼离婚最需要的把柄和最充分的理由,这个理由这个把柄不仅是鲈鱼需要,鲈鱼的现任老公需要,我们所有人似乎也都需要。这个理由这个把柄会给鲈鱼老公造成充分的羞辱感和道德强势,让他决不能再做小伏低,同时也能获得最大程度的经济补偿,还能让民政局或者法院的判断更有根有据,在"感情破裂"这俗滥的四个字上盖上大红的印章。还有鲈鱼的父亲母亲姐姐妹妹七大姑八大姨和八竿子打不着的外人在将来说起她的事时也才能够正常一些:"现在这种事,也不新鲜了。她心走野了,谁也没办法。任她去吧。"

要是没有那个男人,他们可都该依附在哪里呢?可都该怎么说呢?

"没想到,为了摆脱一个男人,居然还需要再找一个男人。"鲈鱼苦笑,"说一千道一万,终归还是离不了男人。"

鲈鱼说，为了这个男人，她以鲈鱼之名在QQ上和网上的男人们热情聊天，表现得火辣风骚，甚至说明白了愿意白送和倒贴，但出乎她意料的是，那些男人并不像她想象的那么傻，一看她那么主动，居然反而没有人上钩。无奈之下，鲈鱼只好从虚拟空间撤退到现实世界，找了自认为关系不错的男人甲乙丙丁，请他们帮忙。每个人都问了她缘由，待她说了缘由，每个人都发出意味深长的感叹："哦——"

然后，就都没有了下文。

她知道这漫长的沉默其实也都有一个简单的下文，那内容就是两个字：疯了。

"亲爱的朋友们，请你们群策群力，帮帮我这个孤立无援的疯子，帮我找出这么一个男人。你们的同学，家人，兄弟，老公……什么人都好，只要是适龄男子，请供我简单使用一下。我离后奉还，决不食言。"

那天，我们几个领命而去，回到家里我们就开始不断互相打电话沟通交换信息和感受。她们两个的态度立场都没有出乎我的意料。大丽说找男人对她来说根本不算个事儿，可她总觉得鲈鱼是一时冲动，怕她后悔。另外，像鲈鱼这种连婚姻都没有能力凑合的人，其实是最认真的人，要是给她找个男人她假戏真做陷进去了怎么办？岂不是把她害惨了？"鲈鱼的功夫太浅，我那些男人到时候把她清蒸红烧吃干抹净只剩下骨头一副，我可担待不了。"因此大丽的选择就是观望。小锦作为和小三一直斗争的正房太太，明确表态说不会去为鲈鱼找个男小三："她真是糊涂透顶，糊涂得无可救药。现在这种状况，其实咱们谁也没办法，依我看咱们都冷着她吧，因为只有时间才能让她清醒。对了，你到底是怎么想的？我警告你，你可千万不能助纣为虐啊。"

六

这个故事是个很狗血的开头，似乎也是个很狗血的结尾：中秋节的那天，鲈鱼的老公收到了一打照片，全都是鲈鱼和一个男人在床上的艳照。收到照片的人除了鲈鱼的老公，还有鲈鱼老公单位的同事、朋友和家人。

很快，鲈鱼就离了婚。离得很平静。不过鲈鱼也并没有如预想中那样声名狼藉，因为男人说不想投鼠忌器。她是老鼠，男人的尊严是器。

他很仁慈地说，也是想给她留点儿薄面。无论如何，她总归和他做过夫妻。

"他没有问那个男人是谁吗？"

"问了。"鲈鱼耸耸肩，"他例行公事地问了问，我例行公事地没有说。"

他很快再婚,迫不及待地。

离婚后有好一阵子,鲈鱼都是一个人生活。她话语不多,嘴角总是含着微笑。有人说那微笑是凄凉,有人说那微笑是甜美,也有人说那微笑是抑郁,更有人说那微笑是孤独。说这些话的人里,就有大丽和小锦。

我把这些话转达给鲈鱼,鲈鱼只兀自微笑:"你懂的,是不是?"

我沉默。

"我活得,是不是像个笑话?"鲈鱼问。

我依然沉默。这话我也无数次地问过自己。是的,她活得真像一个笑话,可是,难道我就不像笑话了吗?还有那么多人,活得都像笑话。我们和鲈鱼的区别也许只在于,鲈鱼是规矩之外的笑话,我们是规矩之内的笑话。鲈鱼的笑话是个性飞扬的笑话,我们的笑话是统一定制的笑话。鲈鱼的笑话是千姿百态的笑话,我们的笑话是一模一样的笑话,也因此我们的笑话实际上更是笑话,如此而已。

——所以,我实际上很有些羡慕和喜欢鲈鱼这样的笑话。这个,除了我自己,其他所有的人,包括鲈鱼自己,也许都不知道。和鲈鱼的婚姻一样,我的老公也是一个最俗常的老公,我的婚姻也是一个最俗常的婚姻。我也和鲈鱼一样,有着一颗不安分的神经病的心。这样俗常的婚姻包着我们这样的女人，到了一定的时辰，就像一层完美的外壳包着里面腐烂的果肉，果肉里又有着正在萌动的种子。外壳不烂，种子不发，看着也还好。外壳若是烂，种子若发，那就是崩溃，是怎么也不成的。现在，鲈鱼种子萌动，已经把她自己的外壳撑碎了。

我呢？种子未动，外壳也还没有被撑碎。因此还假惺惺地完美着，就是这样。她身边作为背景的那个模糊而又颠预的存在，就这样一夜一夜地躺在我的身边。可我不是她，似乎也永远没有可能是她。所以，我是那么心甘情愿地把自己的老公贡献给鲈鱼——和鲈鱼的前任老公热爱麻将一样，我的现任老公的热爱就是饮酒。他常念的一句喝酒经就是：爱情就是用来心碎的，时间就是用来浪费的，好酒就是用来喝醉的……他不知道这段子的最后两句是：夫妻就是用来出轨的，婚姻就是用来仇恨的。

出轨和仇恨是需要能量的。我没有这个能量，或者说没有这种勤勉的劲头儿。在这种意义上，鲈鱼是个让我尊敬的劳模。

离婚后的第三个年头，鲈鱼离开了这个城市，跟着一个男人去了南方。那个男人比她小六岁，他们是在参加户外活动的时候认识的。我看过他的照片，很俊朗，像个少年。在我们几个闺蜜给鲈鱼送行的宴会上，鲈鱼喝了很多酒。最后告别的时候，她紧紧地抱着我，贴着我的耳朵说："亲爱的，要是有一天你也想离婚的话，要是你也找不到那么一个理由的话，我保证还你一个。"

"谢谢。"我说。努力不让自己掉泪。

"其实，"鲈鱼在我脸上亲了一下，"生活很大，世界也很大。祝你越来越大！"

随着一年又一年生日的来临，我没有越来越大，却是越来越老，也越来越知道：鲈鱼这样的人，太少太少，少到寥若晨星，凤毛麟角。所以，无数次，在醉酒的老公身边辗转反侧深夜难眠的时候，我就会想起鲈鱼。我一遍遍地想起那天她躺在我身下这张床上时，在镜头中绽放出的那张目光灼灼的脸。她少女一样的眼睛啊，宛若在看着我的生活，也宛若在看着无数人的生活。

《时代文学（上半月）》2014年第1期

名家点评 /

《鲈鱼的理由》可以归为女性命运的书写。中年妇女鲈鱼对庸常生活的挣脱意味着女性对自我价值的确认,在传统世俗观念的笼罩之下,鲈鱼作为一个鲜活的异数呈现在小说里,令人深思和回味。小说的立意或许并不新鲜,但是它用非常规的方式,触碰,甚至试图动摇我们的观念,让我们对生命和价值、爱情和伦理以及婚姻和家庭的存在和意义进行重新定位和反思。这篇小说显示了"70后"作家对当下现实的敏感和对转型社会中人们精神状态的深度探索。

时代文学奖授奖辞 ++++++++++++++++++

乔叶对女性心理的精准把握与细腻传达,对人性深度的不断掘进与全面把握,使其作品能在更深层面上,对当代社会中以婚恋为代表的各种社会普遍病象与情感境况,进行独到的省察、审视与表现,从而于细微深幽处触动读者的心灵感应,引发读者的情感共鸣,这也是其作品的独特艺术价值之所在。

文学评论家 韩传喜 ++++++++++++++++++

创作谈 / 这是一篇我等待已久的小说。自我开始写作以来，我一直就想写写祖母，可是我发现自己写不了。她在世时，我写不了。她去世多年之后，我依旧写不了。无数次做梦梦到她，她栩栩如生地站在我的眼前，可我就是写不了。直至现在《最慢的是活着》这篇小说，仍不是我心中最想写出的那个她。对于她，我始终做不到手写我心。

其中的缘故我心如明镜：固然是因为我的手拙，然而也是因为她是那么广大，那么深阔，远远超出了我短浅的心和狭隘的笔。当然，抛开她对我个人的情感意义不谈，我很清楚她是她那一代女人中最无奇最平凡的一个。岁月的风霜和历史的沧桑成就了她那一代女人的广大和深阔，但是对这广大和深阔，她们却是无意识的，也是不自知的。她们不可能知道自己以生命为器，酿成了怎样一坛醇酒。可是，也因此我才更心疼，更沉醉，更无法自拔。常常地，我就在她们的酒坛里浸泡着，眩晕着，难以醒来。

也曾试着用散文去写她。然而不行。一五一十的散文只能让我在她的大地上行走，而她的小径是那么多，走着走着我就会迷路。幸好还有小说，感谢小说，小说显赫的想象特权赋予了我一双翅膀，让我能够在她的上空比较自由地翱翔。很惭愧，我知道自己飞得不够高也不够远，但只要能飞，只要能让我粗粗俯瞰和浏览到她的田野，她的村庄，她的树木，她的黑夜和黎明，她的伤痕和欢颜，我就已经短暂地满足了。

乔叶《以生命为器》
《北京文学·中篇小说月报》2008年第7期

最慢的是活着

一

那一天，窗外下着不紧不慢的雨，我和朋友在一家茶馆里聊天，不知怎的她聊起了她的祖母。她说她的祖母非常节俭。从小到大，她只记得祖母有七双鞋：两双厚棉鞋冬天里穿，两双厚布鞋春秋天穿，两双薄布鞋夏天里穿，还有一双是桐油油过的高帮鞋，专门雨雪天里穿。小时候，若是放学早，她就负责烧火。只要灶里的火苗蹿到了灶外，就会挨奶奶的骂，让她把火压到灶里去，说火焰扑棱出来就是浪费。

"她去世快二十年了。"她说。

"要是她还活着，知道我们这么花着百把块钱在外面买水说闲话，肯定会生气的吧？"

"肯定的，"朋友笑了，"她是那种在农村大小便的时候去自家地里，在城市大小便的时候去公厕的人。"

我们一起笑了。我想起了我的祖母。——这表述不准确。也许还是用她自己的话来形容才最为贴切："不用想，也忘不掉。钉子进了墙，锈也锈到里头了。"

我的祖母王兰英，一九二〇年生于豫北一个名叫焦作的小城。焦作盛产煤，那时候便有很多有本事的人私营煤窑。我曾祖父在一个大煤窑当账房先生，家里的日子便很过得去。一个偶然的机会，曾祖父认识了祖母的父亲，便许下了媒约。

祖母十六岁那年,嫁到了焦作城南十里之外的杨庄。杨庄这个村落由此成为我最详细的籍贯地址,也成为祖母最终的葬身之地。二〇〇二年十一月,她病逝在这里。

二

我一共四个兄弟姊妹,性别排序是:男,女,男,女。大名依次是小强、小丽、小杰、小让。家常称呼是大宝,大妞,二宝,二妞。我就是二妞李小让。小让这个名字虽是最一般不过的,却是四个孩子里唯一花了钱的。因为命硬。乡间说法:命有软硬之分。生在初一、十五的人命够硬,但最硬的是生在二十。"初一、十五不算硬,生到二十硬似钉。"我生于阴历七月二十,命就硬得似钉了。为了让我这"钉"软一些,妈妈说,我生下来的当天奶奶便请了个风水先生给我看了看,风水先生说最简便的做法就是在名字上做个手脚,好给老天爷打个马虎眼儿,让他饶过我这个孽障,从此逢凶化吉,遇难呈祥。于是就给我取了让字。在我们方言里,让不仅有避让的意思,还有柔软的意思。

"花了五毛钱呢。"奶奶说,"够买两斤鸡蛋的了。"

"你又不是为了我好。还不是怕我妨了谁克了谁!"

这么说话的时候我已经上了小学,和她顶嘴早成了家常便饭。这顶嘴不是撒娇撒痴的那种,而是真真的水火不容。因为她不喜欢我,我也不喜欢她。——当然,身为弱势,我的选择是被动的:她先不喜欢我,我也只好不喜欢她。

亲人之间的不喜欢是很奇怪的一种感觉。因为在一个屋檐下,再不喜欢也得经常看见,所以自然而然会有一种温暖。尤其是大风大雨的夜,我和她一起躺在西里间。虽然各睡一张床,然而听着她的呼吸,就觉得踏实,安恬。但又因为确实不喜欢,这低凹的温暖中就又有一种高凸的冷漠。在人口众多川流不息的白天,那种冷漠引起的嫌恶,几乎让我们不能对视。

从一开始有记忆起,就知道她是不喜欢我的。有句俗语:"老大娇,老末娇,就是别生半中腰。"但是,作为老末的我却没有得到过她的半点娇宠。她是家里的"慈禧太后",她不娇宠,爸爸妈妈也就不会娇宠,就是想娇宠也没时间,爸爸在焦作矿务局上班,妈妈是村小的民办教师,都忙着呢。

因为不被喜欢,小心眼儿里就很记仇。而她让我记仇的细节简直俯拾皆是。比如她常睡的那张水曲柳木黄漆大床。那张床是清朝电视剧里常见的那种大木床,四周镶着木围板,木板上雕着牡丹荷花秋菊冬梅四季花式。另有高高的木顶,顶上同样有花式。床头和床尾还各嵌着一个放鞋子的暗柜,几乎是我家最华丽的家具。我非常向往那张大床，却始终没有在上面睡的机会。她只带二哥一起睡那张大床。和二哥只间隔三岁，在这张床的待遇上却如此悬殊，我很不平，一天晚上，便先斩后奏，好好地洗了脚，早早地爬了上去。她一看见就着了急，把被子一掀，厉声道："下来！"

我缩在床角，说："我占不了什么地方的，奶奶。"

"那也不中！"

"我只和你睡一次。"

"不中！"

她是那么坚决。被她如此坚决地排斥着，对自尊心是一种很大的伤害。我哭了。她去拽我，我抓着床栏，坚持着，死活不下。她实在没有办法，就抱着二哥睡到了我的小床上。那一晚，我就一个人孤零零地占着那张大床。我是在哭中睡去的，清早醒来的第一件事，就是接着哭。

她毫不掩饰自己对男孩子的喜爱。谁家生了儿子，她就说："添人了。"若是生了女儿，她就说："是个闺女。"儿子是人，闺女就只是闺女。闺女不是人。当然，如果哪家娶了媳妇，她也会说："进人了。"——这一家的闺女成了那一家的媳妇，才算是人。因此，自己家的闺女只有到了别人家当媳妇才算人，在自己家是不算人的。这个理儿，她认得真真儿的。每次过小年的时候看她给灶王爷上供,我听得最多的就是那一套:"……您老好话多说,赖话少言。有句要紧话可得给送子娘娘传,让她多给骑马射箭的,少给穿针引线的。"骑马射箭的,就是男孩。穿针引线的,就是女孩。在她的意识里,儿子再多也不多,闺女呢,就是一门儿贴心的亲戚,有事没事走动走动,百年升天脚登莲花的时候有这把手给自己梳头净面,就够了。因此再多一个就是多余——我就是最典型的多余。她原本指望我是个男孩子的,我的来临让她失望透顶:一个不争气的女孩身子,不仅占了男孩的名额,还占了个男孩子的秉性,且命那么硬。她怎么能够待见我?

做错了事,她对男孩和女孩的态度也是决然不同。要是大哥和二哥做错了事,她一句重话也不许爸爸妈妈说,且原因充分:饭前不许说,因为快吃饭了。饭时不许说,因为正在吃饭。饭后不许说,因为刚刚吃过饭。刚放学不许说,因为要做作业。睡觉前不许说,因为要睡觉……但对女孩,什么时候打骂都无关紧要。她就常在饭桌上教训我的左撇子。我自会拿筷子以来就是个左撇子,干什么都喜欢用左手。平时她看不见就算了,只要一坐到饭桌上,她就要开始管教我。怕我影响大哥二哥和姐姐吃饭,把我从这个桌角撵到那个桌角,又从那个桌角撵到这个桌角,总之怎么看我都不顺眼,我坐到哪里都碍事儿。最后通常还是得她坐到我的左边。当我终于坐定，开始吃饭，她的另一项程序就开始了。

"啪！"她的筷子敲到了我左手背的指关节上。生疼生疼。

"换手！"她说，"叫你改，你就不改。左耳朵进，右耳朵出！"

"不会。"

"不会就学。别的不学这个也得学！"

知道再和她犟下去菜就被哥哥姐姐们夹完了，我就只好换过来。我咕嘟着嘴巴，用右手生疏地夹起一片冬瓜，冬瓜无声无息地落在饭桌上。我又艰难地夹起一根南瓜丝，还是落在了饭桌上。当我终于把一根最粗的萝卜条成功地夹到嘴边时，萝卜条却突然落在了粥碗里，粥汁儿溅到了我的脸上和衣服上，引得哥哥姐姐们一阵嬉笑。

"不管用哪只手吃饭，吃到嘴里就中了，什么要紧。"妈妈终于说话了。

"那怎么会一样？将来怎么找婆家？"

"我长大就不找婆家。"我连忙说。

"不找婆家？娘家还养你一辈子哩。还给你扎个老闺女坟哩。"

"我自己养活自己，不要你们养。"

"不要我们养，你自己从石头缝里蹦出来的？自己给自

151

己喂奶长这么大？"她开始不讲逻辑，我知道无力和她抗争下去，只好不作声。

下一次，依然如此，我就换个花样回应她："不用你操心，我不会嫁个也是左撇子的人？我不信这世上只我一个人是左撇子！"

她被气笑了："这么小的闺女就说找婆家，不知道羞！"

"是你先说的。"

"哦，是我先说的。咦——还就我能先说，你还就不能说。"她得意洋洋。

"兄弟姊妹四个里头，就你的相貌极像她，还就你和她不对路。"妈妈很纳闷儿，"怪哩。"

三

后来听她和姐姐聊天我才知道，她小时候娘家的家境很好，那时我们李家的光景虽然不错，和她王家却是绝不能比的。他们大家族枝枝杈杈四五辈共有四五十口人，男人们多，家里还雇有十几个长工，女人们便不用下地，只是轮流在家做饭。她们这一茬女孩子有八九个，从小就大门不出，二门不迈，只是学做女红和厨艺。家里开着方圆十几里最大的磨坊和粉坊，养着五六头大牲口和几十头猪。农闲的时候，磨房磨面，粉坊出粉条，牲口们都派上了用场，猪也有了下脚料吃，猪粪再起了去壮地，一样也不耽搁。到了赶集的日子，她们的爷爷会驾着马车，带她们去逛一圈，买些花布，头绳，再给她们每人买个烧饼和一碗羊杂碎。家里哪位堂哥娶了新媳妇，她们会瞒着长辈们偷偷地去听房，当然也常常会被发现。一听见爷爷的咳嗽声，她们就会作鸟兽散，有一次，她撒丫子跑的时候，被一块砖头绊倒，磕了碗大的一片黑青。

嫁过来的时候，因为知道婆家这边不如娘家，怕姑娘受苦，她的嫁妆就格外丰厚：带镜子和小抽屉的脸盆架，雕花的衣架，红漆四屉的首饰盒，一张八仙桌，一对太师椅，两个带鞋柜的大樟木箱子，八床缎子面棉被……还有那张水曲柳的黄漆木床。

"一共有二十抬呢。"她说。那时候的嫁妆是论"抬"的。小件的两个人抬一样，大件的四个人抬一样。能有二十抬，确实很有规模。

说到兴起，她就会打开樟木箱子，给姐姐看她新婚时的红棉裤。隔着几十年的光阴，棉裤的颜色依然很鲜艳。大红底儿上起着淡蓝色的小花，既喜悦，又沉静。还有她的首饰。"文革"时被"破四旧"的人抢走了许多，不过她还是偷偷地保留了一些。她打开一层层的红布包，给姐姐看：两支长长的凤头银钗，因为时日久远，银都灰暗了。她说原本还有一对雕龙画凤的银镯子，三年困难时期，她响应国家号召向灾区捐献物资，狠狠心把那对镯子捐了。后来发现戴在了一名村干部的女儿手上。

"我把她叫到咱家，哄她洗手吃馍，又把镯子拿了回来。他们到底理亏，没敢朝我再要。"

"那镯子呢？"

"卖了，换了二十斤黄豆。"

她生爸爸的时候，娘家人给她庆满月送的银锁，每一把都有三两重，一尺长，都配着繁繁琐琐的银铃和胖胖的小银人儿。她说原先一共有七把，"破四旧"时，被抢走了四把，就只剩下了三把，后来大哥和二哥生孩子，生的都是儿子，她就一家给了一把。姐姐生的是女儿，她就没给。

"你再生，要生出来儿子我就给你。"她对姐姐说，又把脸转向我，"看你们谁有本事先生出儿子，迟早是你们的。"

"得了吧。我不要。"我道，"明知道我最小，结婚最晚。根本就是不存心给我。"

"你说得没错，不是给你的，是给我重外孙子的。"她又小心翼翼地裹起来，"你们要是都生了儿子，就把这个锁回回炉，做两个小的，一人一个。"

偶尔，她也会跟姐姐聊起祖父。

"我比人家大三岁。女大三,抱金砖。"她说,她总用"人家"这个词来代指祖父,"我过门不多时,就乱了,煤窑厂子都关了,你太爷爷就回家闲了,家里日子一天不如一天。啥金砖?银砖也没抱上,抱的都是土坷垃。"

"人家话不多。"

"就见过一面,连人家的脸都没敢看清,就嫁给人家了。那时候嫁人,谁不是晕着头嫁呢?"

"和人家过了三年,哪年都没空肚子,前两个都是四六风。可惜的,都是男孩儿呢。刚生下来的时候还好好儿的,都是在第六天头上死了,要是早知道把剪刀在火上烤烤再剪脐带就中,哪儿会只剩下你爸爸一个人?"

后来,"人家"当兵走了。

"八路军过来的时候,人家上了扫盲班,学认字。人家脑子灵,学得快……不过,世上的事谁说得准呢?要是笨点儿,说不定也不会跟着队伍走,现在还能活着呢。"

"哪个人傻了想去当兵?队伍来了,不当不行了。"她毫不掩饰祖父当时的思想落后,"就是不跟着这帮人走,还有国民党呢,还有杂牌军呢,哪帮人都饶不了。还有老日呢。"——老日,就是日本兵。

"老日开始不杀人的。进屋见了咱家供的菩萨,就赶忙跪下磕头。看见小孩子还给糖吃,后来就不中了,见人就杀。

还把周岁大的孩子挑到刺刀尖儿上耍,那哪还能叫人?"

老日来的时候,她的脸上都是抹着锅黑的。

"人家"打徐州的时候,她去看他,要过黄河,黄河上的桥散了,只剩下了个铁架子。白天不敢过,只能晚上过。她就带着爸爸,一步一步地踩过了那条漫长的铁架子,过了黄河。

"月亮可白。就是黄河水在脚底下,哗啦啦的,吓人。"

"人家那时候已经有通信员了,部队上的人对我们可好。吃得也可好,可饱。住了两天,我们就回来了。家属不能多住,看看就中了。"

那次探亲回来,她又怀了孕,生下了一个女儿。女儿白白胖胖,面如满月,特别爱笑。但是,一次,一个街坊举起孩子逗着玩的时候,失手摔到了地上。第二天,这个孩子就夭折了。才五个月。

讲这件事时,我和她坐在大门楼下。那个街坊正缓缓走过,还和她打着招呼。

"歇着呢?"

"歇着呢。"她和和气气地答应。

"不要理他!"我气恼她无原则的大度。

"那还能怎么着?账哪能算得那么清?他也不是蓄心

的。"她叹气,"死了的人死了,活着的人还得活着。"

后来,她收到了祖父的阵亡通知书。"就知道了,人没了。那个人,没了。"

"听爸爸说,解放后你去找过爷爷一次。没找到,就回来了。回来时还生了一场大病。"

"哦。"她说,"一个人说没就没了,一张纸就说这个人没了,总觉得不真。去找了一趟,就死心了。"

"你是哪一年去的?"

"一九五六年吧。五六、五七,记不清了。"

"那一趟,你走到了哪儿?"

"谁知道走到了哪儿。我一个大字不识的妇女,到外头知道个啥。"

四

因为是光荣烈属,新中国成立后,她当上了村里的第一任妇女主任,妇女主任应该是党员。组织上想发展她入党,她犹豫了,听说入党之后还要交党费,还要参加各种各样的活动和会议,她更犹豫了。觉得自己作为一个寡妇,从哪方面考虑都不合适。"我能管好我家这几个人就中了,哪儿还有力气操那闲心!"她说。

她谢绝了。但是后来时兴人民公社大食堂，她以烈属身份要求去当炊事员。

"还不是为了能让你爸爸多吃二两。"她说。

随着我们这几个孩子的降生，家里的生活越来越紧巴。在生产队里的时候，因为孩子们都上学，爸爸妈妈又上班，家里只有她一个劳力挣工分，年终分配到的粮食就很少，颗颗贵似金，肯定不够吃，得用爸爸的工资在城里再买。这种状况使得她对粮食的使用格外细腻。她说有的人家不会过，麦子刚下来时就猛吃白面，吃到过了年，没有白面了，才开始吃白面和玉米面杂卷的花馍。到后来连花馍里的白面也吃不上了，就只好吃纯黄的窝窝头，逢到宾来客往，还得败败兴兴地去别人家借白面。到了收麦时节，这些人家拿到地里打尖儿的东西也就只有窝窝头。收麦子是下力气活儿，让自己家的劳力吃窝窝头，这怎么说得过去呢？简直就是丢人。

她从来没有丢过这种人。从一开始她就隔三岔五让我们吃花馍，早晚饭是玉米面粥，白面只有过年和收麦时才让吃得尽兴些。过年蒸的白面馍又分两种：一种是纯白面馍，叫"真白鸽"，主要用于待客；另一种是白面和白玉米面掺在一起做的，看起来很像纯白面馍，叫"假白鸽"，主要用于自家吃。

"人过留名，雁过留声。客人当然得吃好的。"她说，"自己家嘛，填坑不用好土——也算好土了。"

杂面条也是我们素日经常吃的，也分两种：绿豆杂面和白豆杂面。绿豆杂面是绿豆、玉米、高粱和小麦合在一起磨的。白豆杂面是白豆、小麦和玉米合在一起磨的。杂面粗糙，做不好的话豆腥味儿很大。她却做得很好吃。一是因为搭配比例合理；二是在于最后一道工序：面熟起锅之后，她在勺里倒一些香油，再将葱丝、姜丝和蒜瓣放在油里热炒，炒得焦黄之后将整个勺子往饭锅里一焖，只听刺啦一声，一股浓香从锅底涌出，随即满屋都是油亮亮香喷喷。

那时候没法子吃新鲜蔬菜，一到春天就青黄不接，她就往稀饭里放榆叶，黑槐叶，马齿菜，荠菜和灰灰菜，还趁着四季腌各种各样的酱菜：春天腌香椿，夏天腌蒜薹，秋天腌韭菜、辣椒、芥菜，冬天腌萝卜和黄菜。仅就白菜，她就又分出三个等级，首先是好白菜，圆滚滚，瓷丁丁。其次是样子好看却不瓷实的，叫青干白菜。最差的是只长了些帮子的虚棵白菜。她让我们先吃的是青干白菜，然后是好白菜。至于虚棵白菜，她就放在锅里煮，高温去掉水分之后，再挂在绳子上晾干，这时的白菜叫作"烧白菜"。来年春天，将烧白菜再回锅一煮，就能当正经菜吃。有几年春天，她做的这些烧白菜还被人收购过，一斤卖到了三毛钱。

"它们喂人，人死了埋到地下再喂它们。"每当吃菜的时候，她就会这么说。

一切东西对她来说似乎都是有用的：玉米衣用来垫猪圈，玉米芯用来当柴烧。洗碗后的泔水，她从来不会随随便便地泼掉，不是拌鸡食就是拌猪食。我家要是没鸡没猪，她就提到邻居家，也不管人家嫌弃不嫌弃。"总是点儿东西，扔掉了可惜。"她说。内衣内裤和袜子破了，她也总是补了又补。而且补的时候，是用无法再补的那些旧衣的碎片。"用旧补旧，般配得很。"她说。我知道这不是因为般配，而是她觉得用新布补旧衣就糟蹋了新布。在她眼里，破布也分两种，一种是纯色布，那就当孩子的尿布，或者给旧衣服当补丁。另一种是花布，就缝成小小的三角，三角对三角，拼成一个正方形，几十片正方形就做成了一个花书包。

路上看到一块砖，一根铁丝，一截塑料绳，她都要拾起来。"眼前没用，可保不准什么时候就用上了。宁可让东西等人，不能让人等东西。"她说。

"你奶奶是个仔细人哪。"街坊总是对我们这么感叹。

这里所说的仔细，在我们方言的含义中就是指"会过日子"，也略微带些形容某人过于吝啬的苛责。

她还长年织布。她说，年轻时候，只要没有什么杂事，每天她都能卸下一匹布。一匹布，二尺七寸宽，三丈六尺长。春天昼长的时候，她还能多织丈把。后来她学会了织花布，将五颜六色的彩线一根根安在织布机上,经线多少,纬线多少,用哪种颜色,是要经过周密计算的。但不管怎么复杂,都没有难倒她。五十年前,一匹白布的价是七块二毛钱,一匹花布的价是十块六毛钱。她就用这些长布供起了爸爸的学费。

纺织的整个过程很繁琐:纺,拐,浆,落,经,镶,织。织只是最后一道。她一有空就坐下来摩挲那些棉花,从纺开始,一道一道地进行着,慢条斯理。而在我童年的记忆中,每每早上醒来,和鸟鸣一起涌入耳朵的,确实也就是唧唧复唧唧的机杼声。来到堂屋,就会看见她坐在织布机前。梭子在她的双手间飞鱼似的传动,简洁明快,娴熟轻盈。

生产队的体制里,一切生产资料都是集体的,各家各户都没有棉花。她能用的棉花都是买来的,这让她很心疼。一到秋天,棉花盛开的时节,我和姐姐放学之后,她就派我们去摘棉花。去之前,她总要给我们换上特制的裤子,口袋格外肥大,告诉我们:"能装多少是多少。"我说:"是偷吧?"她就"啪"地打一下我的脑袋。

后来,她织的布再也卖不动了,再后来,那些布把我们家的箱箱柜柜都装满了,她的眼睛也不行了,她才让那架织布机停下来。

她去世那一年,那架织布机散了。

五

小学毕业之后,我到镇上读初中。三里地,一天往返两趟,是需要骑自行车的。爸爸的同事有一辆半旧的二六式女车,爸爸花了五十块钱买了下来,想要给我骑,却被她拦住了。

"三里地,又不远。我就不信会把脚走大了。"

"已经买了,就让二妞骑吧。"

"她那笨手笨脚的样儿,不如让二宝骑呢。"此时我的二哥正在县里上高中。他住校,两周才回家一次。我可是每天两趟要去镇上的啊。

爸爸不说话了。我深感正不压邪,于是决定要为自己的权利做斗争。一天早上,我悄悄地把自行车推出了家门。谁知道迎头碰上了买豆腐回来的她,她抓了我一把,没抓住,就扭着小脚在后面追起来。我飞快地蹬啊,蹬啊。骑了一段路,往后看了看,她不追了,却还停在原地看着我。

我知道这辆车我大约只能骑一次了,顿时悲愤交加。沿路有一条小河,水波清澈,浅不没膝,这时候,一个衣扣开了,我懒得下车,便腾出左手去整衣服,车把只靠右手撑着,就有些歪。歪的方向是朝河的。待整好衣服,车已经靠近河堤的边缘了,如果此时纠正,完全不会让车出轨。鬼使神差,我突然心生歹意,想:反正这车也不让我骑,干脆大家都别骑吧。这么想着，车就顺着河堤冲了下去。在冲下去的一瞬间，我清楚地记得，我还往身后看了看，她还在。一阵失控的跌撞之后，我如愿以偿地栽进了河里。河水好凉啊，河草好密啊，河泥好软啊。当我从河里爬起来时，居然傻乎乎地这么想着，还对自己做了个鬼脸。

那天上学，我迟到了。而那辆可爱的自行车经过这次重创之后，居然又被修车师傅耐心地维修到了勉强能骑的地步。我骑着它，一直骑到初中毕业。

很反常地，她没有对此事做出任何评论，看来是被我的极端行为吓坏了。我居然能让她害怕！这个发现让我又惊又喜。于是我乘胜追击，不断用各种方式藐视她的存在和强调自己的存在，从而巩固自己得之不易的家庭地位。每到星期天，凡是有同学来叫我出去玩，我总是扔下手中的活儿就走，连个招呼都不跟她打。村里若是演电影，我常常半下午就溜出去，深更半夜才回家。若是得了奖状回来，我就把它贴在堂屋正面毛主席像的旁边，让人想不看都不成。如果还有奖品，我一定会在吃晚饭的时候拿到餐桌上炫耀。每到此时，她就会漫不经心地瞟上一眼，淡淡道："吃饭吧。"

她仍是不喜欢我的。我很清楚。但只要她能把她的不喜欢收敛一些，我也就达到了目的。

初中毕业之后，我考上了焦作市中等师范学校。按我的本意，是想报考高中的，但她和爸爸都不同意。理由是师范只需要读三年就可以参加工作，生活费和学费还都是国家全额补助的，而上高中不仅代价昂贵且前程未卜。看着我愤愤不平的样子，爸爸最后安慰我说，师范学校每年都组织毕业生参加高考。只要我愿意，也可以在毕业那年参加高考。于是去师范学校报到那天我带上了一摞借来的高中旧课本。我暗暗发誓：一定要考上大学。

但是，毕业那年，我没有参加高考。我已经不愿意上大学了。我想尽早工作，自食其力。因为我师范生活的最后一年冬天，我没有了父亲，我知道自己面临的首要任务就是养活自己。

大约是为了好养，父亲是个女孩子名，叫桂枝。小名叫小胜。奶奶一直叫他小胜。第一次看见父亲的照片成了遗像，我在心里悄悄地叫了一声"小胜"，突然觉得，这个名字和我们兄妹四个的名字排在一起非常有趣：小强、小丽、小杰、小让，而他居然是小胜。听起来他一点儿也不像我们的父亲，而像我们的长兄。

父亲是患胃癌去世的。父亲生前，我叫他爸爸。父亲去世之后，我开始称他为父亲。一直以为，父亲，母亲，祖母这样隆重的称谓是更适用于逝者的。所以，当我特别想他们的时候，我就在心里称呼他们：爸爸，妈妈，奶奶。一如他们生前。至于我那从来未曾谋面的祖父，还是让我称他为祖父吧。

如果用一个字来形容奶奶对于父亲这个独子的感觉，我想只有这个字最恰当：怕。从怀着他开始，她就怕。生下来，她怕。是个男孩，她更怕。祖父走了，她独自拉扯着他，自然是怕。女儿夭折之后，她尤其怕。他上学，她怕。他娶妻生子，她怕。他每天上班下班，她怕。他在她身边时，她怕自己养不好他。他不在她身边时，她怕整个世界亏待他。

父亲是个孝子，无论她说什么，他都俯首帖耳。表面上是他怕她，但事实上，就是她怕他。

没办法。爱极了，就是怕。

从父亲住院到他去世，没有一个人告诉奶奶真相。她也不提出去看，始终不提。我们从医院回来，她也不问。一个字儿都不问。我们主动向她报喜不报忧，她也只是静静地听着，最多只答应一声："噢。"到后来她的话越来越少，越来越少。父亲的遗体回家，在我们的哭声中，她始终躲着，不敢出来。等到入殓的时候，她才猛然掀开了西里间的门帘，把身子掷到了地上，叫了一声："我的小胜啊——"

这么多天都没有说话，可她的嗓子哑了。

六

我回到了家乡小镇教书。这时大哥已经在县里一个重要局委担任了副职,成了颇有头脸的人物。姐姐已经出嫁到离杨庄四十多里的一个村庄,二哥在郑州读财经大学。偌大的院子里,只有我、妈妈和她三个女人常住。父亲生病期间,母亲信了基督教。此时也已经退休,整天在信徒和教堂之间奔走忙碌,把充裕的时间奉献给了主。家里剩下的,常常只有我和她。——不,我早出晚归地去上班,家里只有她。

至今我仍然想象不出她一个人在家的时光是怎么度过的。只知道她一天天地老了下去。不,不是一天天,而是半天半天地老下去。每当我早上去上班,中午回来的时候,就觉得她比早上要老一些。而当我黄昏归来,又觉得她比中午时分更老。本来就不爱笑的她,更不笑了。我们两个默默相对地吃完饭,我看电视,她也坐在一边,但是手里不闲着,总要干点儿什么:剥点儿花生,或者玉米。坐一会儿,我们就去睡觉。她睡堂屋西里间,我睡堂屋东里间。母亲回来睡东厢房。

每当看到她更老的样子,我就会想:照这样的速度老下去,她最终会变成什么样呢?一个人,每天每天都会老,最终会老到什么地步呢?

她的性情比以往也有了很大改变:不再串门聊天,也不允许街坊邻居们在我家久坐。但凡有客，她都是一副木木的样子，说不上冷淡，但绝对也谈不上欢迎。于是客人们就很快讪讪地走了。我当然知道这是因为父亲的缘故，就劝解她，说她应该多去和人聊聊，转移转移情绪。再想有什么用？反正父亲已经不在了。她拒绝了。她说："我没养好儿子，儿子走到了我前边儿，白发人送黑发人，老败兴。他不在了，我还在。儿子死了，当娘的还到人跟前举头竖脸，我没那心劲儿。"

她硬硬地说着。哭了。我也哭了。我擦干泪，看见泪水流在她皱纹交错的脸上，如雨落在旱地里。这是我第一次那么仔细地看着她哭。我想找块毛巾给她擦擦泪，却始终没有动。即使手边有毛巾，我想我也做不出来。我和她之间，从没有这么柔软的表达。如果做了，对彼此也许都是一种惊吓。

父亲的遗像，一直朝下扣在桌子上。

有一天，我下班早了些，一进门就看见她在摸着父亲那张扣着的遗像。她说："上头我命硬，下头二妞命硬。我们两头都克着你，你怎么能受得住呢？是受不住。是受不住。"

我悄悄地退了出去。又难过，又委屈。原来她一直是这么认为的！原来她还是一直这么在意我的命硬，就像在意她的。——后来我才知道,她生于正月十五。青年丧夫，老年丧子，她的命是够硬的。但我不服气。我怎么能服气呢？父亲得的是胃癌，和我和她有什么关系？！我们并没有偷了父亲的寿，为什么要自己给自己栽赃？我不明白她这么做只是因为无法疏导过于浓郁的悲痛，只好自己给自己一个说法。那时我才十八岁，我怎么可能明白呢？不过，值得安慰的是，我当时什么都没说。我知道我的委屈和她的悲伤相比，没有发作的比重。

工资每月九十八元，只要发了我就买各种各样的吃食和玩意儿，大包小包地往回拿。我买了一把星海牌吉他，月光很好的晚上就在大门口的石板上练指法，还买了录音机，洗衣服做饭的时候一定要听着费翔和邓丽君的歌声。第一个春节来临之前，我给她和妈妈各买了一件毛衣。每件四十元。妈妈没说什么，喜滋滋地穿上了，她却勃然大怒。——我乐了。这是父亲去世后，她第一次发怒。

"败家子儿！就这么会花钱！我不穿这毛衣！"

"你不穿我送别人穿。"我说，"我还不信没人要。"

"贵巴巴的你送谁？你敢送？"她说着就把毛衣藏到了箱子里。那是件带花的深红色对襟毛衣。领子和袖口都镶着很古典的图案。

九十八元的工资在当时已经很让乡里人眼红了，却很快就让我失去了新鲜感。孩子王的身份更让我觉得无趣。第二个学期，我开始迟到，早退，应付差事。校长见我太不成体统，就试图对我因材施教。他每天早上都站在学校门口，一见我迟到就让我和迟到的学生站在一起。我哪能受得了这个，掉头就回家睡回笼觉。最典型的一次，是连着迟到了两周，也就旷课了两周。所有的人都拿我无可奈何，而我却不自知——最过分的任性大约就是这种状况了：别人都知道你的过分，只有你不自知。

每次看到我回家睡回笼觉她都一副忧心忡忡的神情：一个放着人民教师这样光荣的职业却不好好干的女孩子，她在闹腾什么呢？她显然不明白，似乎也没有兴致去弄明白。她只是一到周末就等在村头，等她的两个孙子从县城和省城回来看她。——她的注意力终于在不知不觉间从父亲身上分散到了孙子们身上。每到周末，我们家的饭菜就格外好：猪头肉切得细细的，烙饼摊得薄薄的，粥熬得浓浓的。然而只要两个哥哥不回来，我就都不能动。直到过了饭时，确定他们不会回来了，她才会说："吃吧。"

我才不吃呢。假装看电视，不理她。

"死丫头，这么好的饭你不吃，不糟蹋东西？"

"又不是给我做的，我不吃。"

"不是给你做的，给狗做的？"

169

"可不是给狗做的吗?"我伶牙俐齿,一点儿也不饶她,"可惜你那两只狗跑得太远,把家门儿都忘了。"

有时候,实在闲极无聊,她也会和我讲一些家常话。话题还是离不开她的两个宝贝孙子:大哥如何从小就爱吃糖,所以外号叫李糖迷。二哥小时候如何胖,给他擦屁股的时候半天都掰不开屁股缝儿……也会有一些关于姐姐的片段,如何乖巧,如何懂事。却没有我的。

"奶奶,"我故意说,"讲讲我的呗。"

"你?"她犹豫了一下,"没有。"

"好的没有,坏的还没有?"

"坏的嘛,倒是有的。"她笑了。讲我如何把她的鞋放在蒸馍锅里和馒头一起蒸,只因她说她的鞋子干净我的鞋子脏。我如何故意用竹竿打东厢房门口的那棵枣树,只因她说过这样会把枣树打死。我如何隔三岔五地偷个鸡蛋去小卖店换糯米糕吃,还仔细叮嘱老板不要跟她讲。其中有一件最有趣:一次,她在门口买凉粉,我帮她算账,故意多算了两毛钱。等她回家后,我才追了两条街跟那卖凉粉的人把两毛钱要了回来。她左思右想觉得钱不够数,也去追那卖凉粉的人,等她终于明白真相时,我已经把两毛钱的瓜子嗑完了。

我们哈哈大笑。没有猜忌,没有成见,没有不满。真真正正是一家人在一起拉家常的样子。她嘴里的我是如此顽劣,如此可爱。这是我万万没有想到的。

但这种和谐甚至是温馨的时光是不多的。总的来说我和她的关系还相当冷漠。有时会吵架,有时会客气——一个人随着年龄的增长也会获得某种自然而然的程度加深的尊重,她对我的客气显然是基于这点。

我的工作状态越来越糟糕。学年终考,我的学生考试成绩在全镇排名中倒数第一。平日的邋遢和成绩的耻辱构成了无可辩驳的因果关系,作为误人子弟的败类我不容原谅。终于在一次全校例行的象征性的应聘选举中,我成了实质性落聘的第一人。惩罚的结果是把我发配到一个偏远的村小教书。我当然不肯去,也不能再在镇里待下去,短暂地考虑之后我决定停薪留职。之前一些和我一样不安分当老师的师范同学已经有好几个南下打工,我和他们一直保持着联系。

正犹豫着怎么和她们开口,一件事加速了我的进程。那天,我起得早,走到厨房门口,听见妈妈正在低声埋怨她:"……你要是当时叫大宝给她跑跑关系,留到县里,只怕她现在也不会弄得这么拾不起来。"

"她拾不起来是她自己软。能怨我?"

"丝瓜要长还得搭个架呢。一个孩子,放着关系不让用,非留在身边。你看她是个翅膀小的？"

"那几个白眼狼都跑得八竿子打不着，不留一个，有个病的灾的去指靠谁？"

一切全明白了。原来还是奶奶作祟，在清晨明媚的阳光中，我气得脑门发涨。我推开厨房的门，目光如炬，声音如铁，铿锵有力地向她们宣言："我也是个白眼狼！别指靠我！我也要走了！"

七

我一去三年没有回家，只是十天半月往村委会打个电话，让村主任或村支书向她们转达平安，履行一下最基本的告知义务。三年中，我从广州到深圳，从海口到三亚，从苏州到杭州，从沈阳到长春，推销过保险，当过售楼小姐，在饭店卖过啤酒，在咖啡馆磨过咖啡，当然也顺便谈谈恋爱，经历经历各色男人。后来我落脚到了北京，应聘在一家报社做记者。

人在江湖漂，哪能不挨刀。吃过几次亏，碰过几次壁之后，我才明白，以前在奶奶那里受的委屈，严格来说，都不是委屈。我对她逢事必争，逢理必争，从来不曾"受"过，哪里还谈得上委和屈？真正的委屈是笑在脸上哭在心里的。无处诉，无人诉，不能诉，不敢诉，得生生闷熟在日子里。

这最初的世事磨炼让我学会了察言观色，看碟下菜。学会了在第一时间内嗅出那些不喜欢我的人的气息，然后远远地离开他们。如果迫不得已一定要和他们打交道，我就羽毛乍起，如履薄冰。我知道，某种意义上讲，他们就是我如影随形的奶奶。不同的是，他们会比奶奶更严厉地教训我，而且不会给我做饭吃。而在那些喜欢我的人面前，我在受宠若惊视宠若宝的同时也是小心翼翼的，生怕失去了这些喜欢，生怕失去了这些宠。——在我貌似任性的表征背后，其实一直长着一双胆怯的眼睛。我怕被这个世界遗弃。多年之后我才悟出：这是奶奶送给我的最初的精神礼物。可以说，那些日子里，她一直是我的镜子，有她在对面照着，才使得我眼明心亮。她一直是我的鞭子，有她在背上抽着，才让我不敢昏昏欲睡。她让我知道：这个世界上，总会有人不喜欢你，你会成为别人不愉快的理由。你从来就没有资本那么自负，自大，自傲，从而让我怀着无法言喻的隐忍、谦卑和自省，以最快的速度长大成人。

我开始想念她们。奇怪，对奶奶的想念要胜过妈妈。但因记忆里全是疤痕的硬，对她的想也不是那种柔软的想。和朋友们聊起她的时候，我总是不自觉地愤怨着她的封建、自私和狭隘，然后收获着朋友们的安慰和同情。终于有一次，一位朋友温和地斥责了我，她说："亲人总是亲人。奶奶就是再不喜欢你，也总比擦肩而过的路人对你更有善意。或许她只是不会表达，那么你就应该去努力理解她行为背后的意义。比如，她想把你留在身边，也不仅仅是为了养老，而是看你这么淘气，叛逆，留在身边她才会更安心。再比如，她嫌你命硬，你怎么知道她在嫌你的时候不是在嫌自己？她自己也命硬啊。所以她对待你的态度就是在对待她自己，对自己当然就是最不客气了。"

她对待我的态度就是在对她自己？朋友的话让我一愣。

我打电话的频率开始密集起来。一天，我刚刚打通电话，就听见了村支书粗糙的骂声："他娘的，你妈病啦！住院啦！你别满世界疯跑啦！赶快攥着你挣的票子回来吧！"

三天之后，我回到了杨庄。只看到了奶奶。父亲有病时似乎也是这样：其他人都往医院跑，只有她留守在家里。我是在大门口碰到她的，她拎着垃圾斗正准备去倒。看见我，她站住了脚。神情是如常的，素淡的，似乎我刚刚下班一样。她问："回来了？"

我说："哦。"

妈妈患的是脑溢血。症状早就显现，她因为信奉主的力量而不肯吃药，终于小疾酿成大患。当她出院的时候，除了能维持基本的吃喝拉撒，已经成了一个废人。

妈妈病情稳定之后，我向报社续了两个月的假。是，我是看到她和妈妈相依为命的凄凉景象而动了铁石心肠，不过我也没有那么单纯和孝顺。我有我的隐衷：我刚刚发现自己怀了孕。孩子是我最近一位男友的果实，我从北京回来之前刚刚和他分手。

我悄悄地在郑州做了手术，回家静养。因为瞒着她们，也就不好在饮食上有什么特别的讲究和要求。三代三个女人坐在一起，虽然我和她们有十万八千里的隔阂，也免不了得说说话。妈妈讲她的上帝耶稣基督主，奶奶讲村里的男女庄稼猪鸡狗。我呢，只好把我经历的世面摆了出来。我翻阅着影集上的图片告诉她们：厦门鼓浪屿，青岛崂山，上海东方明珠，杭州西湖，深圳民俗村和世界之窗……指着自己和民俗村身着盛装的少数民族演员的合影以及世界之窗的微缩模具，我心虚而无耻地向她们夸耀着我的成就和胆识。她们只是默默地看着，听着，没有发问一句。这在我的意料之中。我知道自己已经大大超越了她们的想象——不，她们早已经不再对我想象。我在她们的眼睛里，根本就是一个怪物。

讲了半天，我发现听众只剩下了奶奶。

"妈呢？"

"睡了。"她说，"她明儿早还要做礼拜。"

"那，咱们也睡吧。"我这才发现自己累极了。

"你喝点儿东西吧。"奶奶说,"我给你冲个鸡蛋红糖水。"

这是坐月子的女人才会吃的食物啊。我看着她。她不看我,只是踮着小脚朝厨房走去。

报社在河南没有记者站。续假期满,我又向报社打了申请,请求报社设立河南记者站,由我担任驻站记者。在全国人民过分热情的调侃中,河南这种地方一向都很少有外地人爱来,我知道自己一请一个准儿。果然,申请很快就被批准了,我在郑州租了房子,开始了新一轮的奔波。每周我都要回去看看妈妈和她。出于惯性,我身边很快也聚集了一些男人。每当我回老家去,都会有人以去乡下散心为名陪着我。小汽车是比公共汽车快得多,且有面子。我任由他们捧场。

对这些男人,妈妈不言语,奶奶却显然是不安的。开始她还问这问那,后来看到我每次带回去的男人都不一样,她就不再问了。她看我的目光又恢复到了以前的忧心忡忡。其实在她们面前,我对待那些男人的态度相当谨慎。我把他们安顿在东里间住,每到子夜十二点之前一定回到西里间睡觉。奶奶此时往往都没有睡着。听着她几乎静止的鼻息,我在黑暗中轻轻地脱衣。

"二妞,这样不好。"一天,她说。

"没什么。"我含糊道。

"会吃亏的。"

"我和他们没什么。"

"女人，有时候由不得自己。"

似乎有些谈心事儿的意思了。难道她有过除祖父之外的男人？我好奇心陡增，又不好问。毕竟，和她之间这样亲密的时机很少。我不适应。她必定也不适应——我听见她咳嗽了两声。我们都睡了。

日子安恬地过了下来。这是我期望已久的日子：有自由，有不菲的薪水，有家乡的温暖，有家人的亲情，还有恋爱。在外奔波的这几年里，我习惯了恋爱。一个人总觉得凄冷，恋爱就是靠在一起取暖。身边有男人围着，无论我爱不爱他们，心里都是踏实的，受用的。虽然知道这踏实是小小的踏实，受用是小小的受用，但，有总比没有要好。

"没事不要常回来了。我和你妈都挺好的。不用看。"终于有一天，她说。

"多看看你们还有错啊。我想回来就回来。"我说。

"要是回来别带男人，自己回来。"

"为什么？不过是朋友。"

"就因为是朋友，所以别带来。要是女婿就尽管带。"她说，"你不知道村里人说话多难听。"

"难听不听。干吗去听！"我火了。

"我在这村里活人活了五六十年,不听不中。"她说,"你就别丢我的人了!"

"一个女人没男人喜欢,这才是丢人呢!"

"再喜欢也不是这么个喜欢法。"她说,"一个接一个换,走马灯似的。"

"多了还不好?有个挑拣。"

"眼都花了,心都乱了。好什么好?"

"我们这时候和你们那时候不一样。你就别管我的事了。"

"有些理,到啥时候都是一样的。"

"那你说说,该是个什么喜欢法?"我挑衅。

她沉默。我料定她也只能沉默。

"你守寡太多年了。"我犹豫片刻,一句话终于破口而出,"男女之间的事情,你早就不懂了。"

静了片刻,我听见她轻轻地笑了一声。

"没男人,是守寡。"她语调清凉,"有了不能指靠的男人,也是守寡。"

"怎么寡?"我坐起来。

"心寡。"她说。

我怔住。

八

我和她之间再次陷入了冷战期。我长时间地待在郑州，很久才回去一次。回去的时候，也不再带男人。我开始正式考虑结婚问题。一考虑这个问题，我就发现奶奶是多么正确：因为经历太多，我已经不知道什么人适合和我结婚。我面前的男人琳琅满目，花色齐全，但当我想要去捉住他们时，却发现哪个都没有让我付账的决心。

我确实是心寡。

其间有个男孩子，各方面条件都很不错，要说结婚，似乎也是可以的。但我拒绝了他的求婚，主要原因当然是不够爱他，次要原因则是不喜欢他的妈妈。那个老太太是一个落魄的高干遗孀，大手大脚，颐指气使，骄横霸道。她经常把退休金花得光光的，然后让孩子们给她凑钱买漂亮衣服和名贵首饰。她的口头禅是："吃好的，买贵的。人就活一辈子，不能委屈自己！"

是，这话没错。人能不委屈自己的时候是不该委屈自己。我也是这样。可我就是不喜欢她这个腔调，就是不喜欢她这个做派，就觉得她不像个老人。一个老人，怎么能这样没有节制呢？怎么能这么挥霍无度呢？怎么能这么没有老人的样子呢？——忽然明白，我心目中的老人标准，就是我生活在豫北乡下的奶奶。如果她和我的奶奶有那么些微一样,我想,我一定会加倍心疼她,宠她,甚至会为此加重和她儿子结婚的砝码。但她不是我的奶奶。我的奶奶不是这样。我不能和这样的老人在一起生活。

常常如此:我莫名其妙地看不惯那些神情自得生活优越的老人,一听到他们说什么夕阳红、黄昏恋、出国游,上什么艺术大学,参加什么合唱团,我心里就难受。后来,我才明白:我是在嫉妒他们。替奶奶嫉妒他们。

两年之后,当我再带男人回去的时候,只固定带了一个。后来,我和那个男人结了婚。用奶奶的话,那个男人成了我家的女婿。他姓董。

和董认识是在一个饭局上。那个饭局是县政府为在省城工作的本籍人士举办的例行慰问宴,也就是定期和这些人联络一下感情,将来有什么事好让这些人都出力的意思。所谓"养兵千日,用兵一时",这饭局就是养兵的草料。那天,我去得最晚,落座时只剩下了一个位置,右边是董,左边是一个女人。互相介绍过之后,我对左边的女人说:"对不起,我是左撇子,可能会让你不方便。"对方还没有反应,董马上站起来对我说:"我和你换换吧。"

他坐在了我的左边。吃饭期间聊起家常,他告诉我他大学毕业后工作没有着落,就留在郑州做了一家报社的记者。偶尔回县城看看退休的父母。和我一样,他也只是个应聘记者。

"好听的说法是随时会跳槽。"他说。

"不好听的说法是随时会被炒。"我说。

我们相视而笑。有多少像我们这样貌似齐整的流浪者啊。没有锦衣,就自己给自己造一件锦衣。见到生客就披上,见到自己人就揪下。

后来我问董对我初次的印象如何,董说:"长相脾气都在其次。我就是觉得你特别懂事。"

"懂事?"我吃惊。哑然失笑。第一次听到有人这么评价我,"何以见得?"

"我吃过的饭局千千万,见过的左撇子万万千,仅仅为自己是左撇子而向自己左手位道歉的人,你是第一个。"

只有懂事的人才能看到别人的懂事。活到一定的年纪,懂事就是第一重要的事。天造地设,我和董一拍即合。关系确定之后,我把他带了回去,向奶奶和母亲宣告。奶奶第二天就派大哥去打听董的家世。闻得清清白白,无可挑剔之后,才明确点了头,同意我和董结婚。

"这闺女这般好命,算修成正果了。"她说,"真是人憨天照顾。"

妈妈什么也做不了，奶奶就开始按老规矩为我准备结婚用品：龙凤呈祥的大红金丝缎面被，粉红色的鸳鸯戏水绣花枕套，双喜印底的搪瓷脸盆，大红的皂盒，玫瑰红的梳子……纺织类的物品一律缝上了红线，普通生活用品一律系上了红绳。做这一切的时候，她总是默默的。和别人说起我的婚事时，她也常常笑着，可是那笑容里隐隐交错着一种抑制不住的落寞和黯然。

两亲家见面那天，奶奶作为家长发言，道："二妞要说也是命苦。爹走得早，娘只是半个人。我老不中用，也管不出个章程，反正她就是个不成材，啥活计也干不好，脾气还傻倔。给了你们就是你们的人，小毛病你们就多担待，大毛病你们就严指教。总之以后就是你们多费心了。"

公公婆婆客气地笑着，答应着，我再也坐不住，出了门。忍了好久，才没让泪滚出来。

婚礼那天清早，我和女伴们在里间化妆试衣，她和妈妈在外面接待着络绎不绝的亲友。透过房门的缝隙，我偶尔会看见她们在人群中穿梭着，分散着糖果和瓜子。她们脸上的神情都是平静的，安宁的，也显示着喜事应有的笑容。我略略地放了心。

随着乐曲的响起和鞭炮的骤鸣，迎亲的花车到了。按照我们的地方风俗，嫁娘要在堂屋里一张铺着红布的椅子上坐一坐，吃上几个饺子，才能出门。我坐在那张红布椅上，端着饺子，一眼便看见奶奶站在人群后面，她的目光并不看我，可我知道这目光背后还有一双眼睛，全神贯注地凝聚在我的身上。我把饺子放进口里，和着泪水咽了下去。有亲戚絮絮地叮嘱："别噎着。"

到了辞拜高堂的时候了，亲戚们找来她和妈妈，让她们坐在两张太师椅上。我和董站在她们面前。周围的人都沉默着。——我发现往往都是这样，在男方家拜高堂时是喧嚷的，热闹的，在女方家就会很寂静，很安宁。而这仅仅是因为，男方是拜，女方是辞拜。

"姑娘长大成人了，走时给老人行个礼吧。"一位亲戚说。

我们鞠下躬去。在低头的一瞬间，我看见她们的脚——尤其是奶奶的脚。她穿着家常的黑布鞋，白袜子，鞋面上还落了一些瓜子皮的碎末儿。这一刻，她的双脚似乎在微微地颤抖着，仿佛有一种什么巨大的东西压在她的身上，让她坐也不能坐稳。

我婚后半年，妈妈脑溢血再次病发，离开了人世。

遗像里的母亲怎么看着都不像母亲。这感觉似曾相识——是的，遗像里的父亲曾经也让我感觉不像是父亲，而像我们的长兄。原谅我，对于母亲，我也只觉得她是一个姊妹。我们的长姊。而且因为生了我们，便成了最得宠的姊妹。父亲和奶奶始终都是担待她的。他们对她的担待就是：家务事和孩子们都不要她管，她只用管自己这份民办教师的工作。柴米油盐，人情世故，母亲几乎统统不懂。看着母亲甩手掌柜做得顺，奶奶有时候也会偷偷埋怨："那么大的人了！"但是，再有天大的埋怨，她也只是在家里背着母亲念叨念叨，绝对不会让家丑外扬。

因为他们的宠，母亲单纯和清浅的程度几乎更接近于一个少女，而远非一个应该历尽沧桑的妇人。说话办事毫无城府，直至已经年过半百，依然在不经意间流露出一些浓重的孩子气。——多年之后，我才明白，自己其实也是有些羡慕她的孩子气的。这是她多年的幸福生活储蓄出来的性格利息。

父亲像长兄，母亲像长姊。这一切，也许都是因为奶奶太像母亲了。

母亲去世的时候，奶奶哭得很痛。泪很多。我知道，她把对父亲的泪也一起哭了出来。——这泪水，过了六年，她才通过逐渐消肿的心，尽情释放了出来。

"对不起，也许我的命真是太硬了。"办完丧事之后，我看着父亲和母亲的遗像，在心里默默地说，"这辈子家里如果还有什么不幸的事，请让我自己克自己。下辈子如果我们还是一家人，请你们做我的儿女，一起来克我。"

九

母亲的丧事之后,报社又进行了机构改革,河南记者站被撤并,我不想服从调配去外省,于是顺理成章地失了业,打算分娩之后再找工作——我已经怀孕三个月了。我们都劝奶奶去县城:大哥二哥和我都在县城有了家,照顾她会很方便。可她不肯。

"这是我的家。我哪儿都不去。你们忙你们的,不用管我。"她固执极了。

没办法,只有我是闲人一个。于是就回到了老家,陪她。

那是一段静谧的时光。两个女人,也只能静谧。

正值初夏,院子里的两棵枣树已经开始结豆一般的青枣粒,每天吃过晚饭,我和她就在枣树下面闲坐一会儿。或许是母亲的病逝拓宽了奶奶对晚辈人死亡的认知经验,从而让她进一步由衷地臣服于命运的安排;或许是母亲已经去和父亲做伴,让她觉得他们在那个世界都不会太孤单,她的神情渐渐呈现出一种久远的顺从、平和与柔软,话似乎也比以往多了些。不时地,她会讲一些过去的事:"……'大跃进'的时候,村里成立了缝纫组。我是组长。没办法,非要我当,都说我针线活儿最好,一些难做的活儿就都到了我手里。一次,有人送来一双一寸厚的鞋底,想让缝纫组的人配上帮做成鞋,谁都说那双鞋做不成,我就接了过来。晚上把鞋捎回了家,坐在小板凳上,把鞋底夹在膝盖中间,弯着上身,可着力气用在右手的针锥上,一边扎一边拧,扎透一针跟扎透一块砖一样。扎透了眼儿,再用戴顶针的中指顶着针冠,穿过锥孔,这边儿用大拇指和食指尖捏住针头,把后边带着的粗线再一点一点地拽出来……这双鞋做成之后,成了村里的鞋王。主家穿了十几年也没穿烂。"

"那时候,有人追你吗?"

"我又没偷东西,追我干啥?"她很困惑。

我忍不住笑了:"我的意思是,有没有人想娶你。"

她也笑了。眼睛盯着地。

"有。"她说,眼神涣散开来,"那时候还年轻,也不丑……你爸要是个闺女,我也能再走一家。可他是个小子,是能给李家顶门立户的人,就走不得了。"这很符合她重男轻女的一贯逻辑——她不能容忍一个男孩到别人屋檐下受委屈。

睡觉之前,她习惯洗脚。她的脚很难看,是缠了一半又放开的脚。大脚趾压着其他几个脚趾,像一堆小小的树根扎聚在一起,然而这树根又是惨白惨白的,散发着一种莫名其妙的恐怖气息。

"怎么缠了一半呢？怕疼了吧？"我好奇，又打趣她，"我一直以为你是个挺能吃苦的人哩。"

"那滋味不是人受的。小脚一双，眼泪一缸……是四岁那年缠上的。不裹大拇哥，只把那四个脚指头缠好，压到大拇哥下头。用白棉布裹紧……为啥用白棉布？白棉布涩啊，不会松动。这么缠上两三年，再把脚面压弯，弯成月亮一样，再用布密缝……疼呢。肉长在谁身上谁疼呗。白天缠上，到了晚上放放，白天再缠，晚上再放。后来疼得受不了了，就自己放开了，说啥都不再缠。"她羞赧地笑了，"我娘说我要是不缠脚，就不让我吃饭，我就不吃。后来还是她害怕了，撬开了我的嘴，给我喂饭。我奶奶说我要是不缠脚就不让我穿鞋。不穿就不穿，我就光着脚站到雪地里。……到底他们都没抗过我。不过，"她顿了顿，"我也遭到了报应，嫁到了杨庄。我这样的脚，城里是没人要的，只能往乡下嫁，往穷里嫁。我那姊妹几个，都比我嫁得好。"

"你后悔了？"

"不后悔。就是这个命。要是再活一遍，也还是缠不成这个脚。"她说。

有时候，她也让我讲讲。

"说说外头的事吧。"

我无语。说什么呢？我不知道该说什么。转了这么一大圈，又回到这个小村落，我忽然觉得：世界其实不分什么里外。外面的世界就是里面的世界，里面的世界就是外面的世界，二者从来就没有什么不同。

偶尔，街坊邻居谁要是上火头疼流鼻血，就会来找她。她就用玻璃尖在他们额头上扎几下，放出一些黑黑的血。要是有不满周岁的孩子跌倒受了惊吓，也会来找她，她就把那孩子抱到被惊吓的地方，在地上画个圆圈，让孩子站进去，嘴里喊道："倒三圈儿，顺三圈儿。小孩魂儿，就在这儿。拽拽耳朵筋，小魂来附身。还了俺的魂，来世必报恩。"然后喊着孩子的名字问："来了没有？"再自己回答："来了！来了！"

有一次，给一个孩子叫过魂后，我听见她在院子里逗孩子猜谜语。孩子才两岁多，她说的谜语他一个都没有猜出来。基本上她都在自言自语："……俺家屋顶有块葱，是人过来数不清。是啥？……是头发。一母生的弟兄多，先生兄弟后有哥。有事先叫兄弟去，兄弟不中叫大哥。是啥？……是牙齿。红门楼儿，白插板儿，里面坐个小耍孩儿。是啥？是舌头。还有一个最容易的：一棵树，五把杈，不结籽，不开花，人人都不能离了它。是啥？……这都猜不出来呀……"

这是手。我只猜出了这个。

我的身子日益笨重起来，每天早上起床，她都要瞄一眼我的肚子，说一句："有苗不愁长呢。世上的事，就属养孩子最见功。"

董也越来越不放心，隔三岔五就到杨庄来看我，意思是想要我回县城去。毕竟那里的医疗条件要好得多，有个意外心里也踏实。但这话我无法说出口。她不走，我就不能离开。我知道她不想走，那我也只能犟着。终于犟到夏天过去，我怀胎七月的时候，她忍不住了，说："你走吧。跟你公公婆婆住一起，有个照应。"

"那你也得走。"我说，"你要是不想跟哥哥们住，我就再在县城租个房子，咱俩住。"

"租啥房子，别为我作惊作怪的。"她犹豫着，终于松了口，"我又不是没孙子。我哪个孙子都孝顺。"

她把换洗的衣服打了个包裹，来到了县城，开始在两个哥哥家轮住。要按大哥的意思，是想让奶奶常住他家的，但是大嫂不肯，说："万一奶奶想去老二家住呢？我们不能霸着她呀。人家老二要想尽孝呢？我们也不能拦着不让啊。"这话说得很圆，于是也就只有让奶奶轮着住了。这个月在大哥家，那个月在二哥家，再下一个月到大哥家。

她不喜欢轮着住。我想，哪个正常的老人都不会喜欢轮着住。——这真是一件残酷的事,是儿女们为了均等自己的责任而做出的最自私最恶劣的事。

"哪儿都不像自己的家。到哪家都是在串亲戚。"她对我说。

有我在,她是安慰的。我经常去看她,给她零花钱,买些菜过去,有时我会把她请到我家去吃饭。每次说要请她去我家,她都会把脸洗了又洗,头发梳了又梳。她不想在我公婆跟前显得不体面。在我家无论吃了什么平凡的饭菜,她回去的表情都是喜悦的。能被孙女请去做客,这让她在孙媳妇面前,也觉得自己是体面的。——我能给予她的这点辛酸的体面,是在她去世之后,我才一点一点回悟出来的。

十

在大哥家的日子让她这辈子的物质生活到达了丰盛的顶端:在席梦思床上睡觉,在整体浴室洗澡,在真皮沙发上看电视,时不时就下馆子吃饭。大哥让她吃什么,她就吃什么。大哥让她喝什么,她就喝什么。当着他们,她只说:"好。"大哥很是欣慰和自豪,甚至为此炫耀起来。他认为自己尽孝的方式也在与时俱进。我不止一次听他说:"奶奶说她喜欢万福饭店的清蒸鲈鱼。""奶奶说他喜欢双贵酒楼的太极双羹。"

我不信。悄悄问她,她抿嘴一笑:"哪儿能记住那些花哨名儿,反正都好吃。"不过,对日本豆腐她倒是印象深刻:"啥日本豆腐,我就不信那豆腐是日本来的。从日本运到这儿,还不馊?"

夏天,大哥家里的空调轰轰地响着。他们一出门,她就把空调关了。

"冬天不冷,夏天不热,就不是正经日子。"她说。

"热不着也冻不着,不是福气吗?"我问。

"冬天就得冷,夏天就得热。"她说,"不是正经日子,就不是正经福气。"

吃着大棚里种出来的不分时节的蔬菜,她也会唠叨:"冬天就该吃白菜,夏天就该吃黄瓜。冬天的黄瓜,夏天的白菜,就是没味儿。"

"你知道这些菜有多贵吗?"

"是吃菜,又不是吃钱。"她说,"再贵也还是没味儿。"

看到大嫂二嫂都给儿子们买名牌服装,她就教训我:"越是娇儿,越得贱养。这么小的孩子,吃上不耽误就中,穿上可别太惯了。一年一长个子,穿那么好有什么用!"

"你就只会说我,怎么不说她们?"我说,"吃柿子拣软的捏!"

"看你这个柿子多软呢。"她不由得笑了,"好话得说给会听的人。媳妇的心离我百丈远,只能说给闺女听。"

"你的好话还不就这几句?我早就背会了。"

"好文不长,好言不多。背会了没用,吃透了才中。"

……

那天,小侄子的随身听在茶几上放着,她突然有些不好意思地指了指,问我这是做什么用的。我说可以听音乐。她害羞地沉默着,我明白过来,连忙去找磁带,找了半天,都没有合适的。只好放了一盘贝多芬的《命运》。

听了大约十几分钟,她把耳机取了下来。

"好听。"她说,"就是太凉。"

她也看电视。有时候,我悄悄地走进大哥家,就会看见她正规正矩地坐在那台三十四寸的大彩电面前,静静地看着屏幕,很专注的样子。边看她边自言自语。

"这嗓子真亮堂。一点儿都不费力。"是宋祖英在唱歌。

"可不是,那时候穿的就是这衣裳。"画面上有个女人穿着旗袍。

"唉呀,咋又死了个人?"武侠片。

大哥回来,看的都是体育节目。她也跟着看。一边叹息:滑冰的人在冰上滑,咋还穿那么少?不冻得慌?那么多人拍一个球,咋就拍不烂?谁负责掏钱买球?开始我们还解释得很耐心，后来发现这些问题又衍生出了新的问题，简直就是一个无穷无尽的连环套，不由得就有些气馁，解释的态度就敷衍起来。她也就不再问那么多了。

1998年"法兰西之夏"世界杯，我天天去大哥家和他们一起看球。二哥也经常去。哥哥们偶尔会靠着她的肩膀或是枕在她的腿上撒撒娇。——她现在唯一的作用似乎只是无条件地供我们撒娇。多年之后，我才明白：能容纳你无条件撒娇的那个人，就是你生命里最重要的人。她显然也很享受哥哥们的撒娇。球赛她肯定是看不懂的，却也不去睡，在我们的大呼小叫中，她常常会很满足地笑起来。

看到球员跌倒，她会说："疼了吧？多疼。快起来吧。"

慢镜头把这个动作又回放了一遍，她道："咋又跌了一下？"

球进了网，她说："多不容易。"

慢镜头回放，她又道："你看看，说进就又进了一个。"

我们大笑，对她解释说这是慢镜头回放，是为了让观众看得更清楚些。

"哦，不算数啊。"她不好意思地笑了，"这我哪儿懂。"

刚才进球的过程换了个角度又放了一遍慢镜头。

"看看，又进了。又进了。"她说。听我们一片静默，她忐忑起来："这个算数不算数？"

住了一段时间，她越来越多地被掺和到两个哥哥各自的夫妻矛盾中。——真是奇怪，我婚后的生活倒很太平。这让我觉得，每个人都有不安分的毒，这毒的总量是恒定的，不过是发作的时机不同而已。这事不发那事发，此处不发彼处发，迟不发早发，早不发迟发，早早迟迟总要发作出来才好。我是早发类的，发过就安分了。哥哥们和姐姐却都跟我恰恰相反。一向乖巧听话的姐姐在出嫁后着了魔似的非要生个男孩，为此东躲西藏狼狈不堪，怀了一个又一个，流产了一次又一次，现在已经有了两个女孩，生个儿子的理想还没有实现。大哥仕途顺利，已经由副职提成了正职，重权在握，趋奉者众，于是整天笙歌艳舞，夜不归宿，嫂子常常为此猜疑，和他怄气。二哥自从财经学院毕业之后，在县城一家银行当了小职员，整天数钱的他显然为这些并不属于自己的钱而深感焦虑，于是他整天谋算的就是怎么挣钱。他谋算钱的方式就两种，一是炒股，二是打麻将。白天他在工作之余慌着看股市大盘，一下班就忙着凑三缺一，和二嫂连句正经话都懒得说，二嫂为此也是叫苦连天。

没有父母，奶奶就是家长。她在哪家住，哪家嫂子就向她唠叨，然后期望她能够发发威，改改孙子们的毛病。她也说过哥哥们几次，自然全不顶用，于是她就只有自嘲："可别说我是佘太君了,我就是根五黄六月的麦茬,是个等着翻进土里的老根子。"

我每次去看她,她就会悄悄地对我讲:这个媳妇说了什么,那个媳妇脸色怎样。她的心是明白的,眼睛也是亮的。但我知道不能附和她。于是一向都是批评她:"怎么想那么多?哪有那么多的事?"

"哼,我什么都知道。"她很不服气,"我又没瞎,你怎么叫我假装看不见?"

"你知道那么多有什么用?你懂不懂人有时候应该糊涂?"终于,有一次,我对她说。

"我懂,二妞。"她黯然道,"可世上的事就是这样,想糊涂的人糊涂不了,想聪明的人难得聪明。"

"这么说,我奶奶是糊涂不了的聪明人了?"我逗她。她扑哧一声笑了。

最后一次孕前检查,医生告诉我是个男孩。婆家弟兄三个里,董排行最小。前两个哥哥膝下都是女孩。

"这回你公公总算见到下辈人了。"奶奶很有些得意地说。

儿子满月那天,她和姐姐哥嫂们一起过来看我,薄棉袄外面罩着那件带花的深红色对襟毛衣。我刚上班那年花四十元给她买的这件毛衣,几乎已经成了她最重要的礼服。她给了儿子一个红包。

"放好。钱多。"她悄悄说。

等她走后,我把这个红包拿了出来,发现除了一张一百元,还有一张十元——那一百元一定是哥哥们给她的,那十元一定是她自己的私房钱。

我握着那张皱巴巴的十元钱,终于落了泪。

十一

儿子一岁的时候,我找到了一份新工作,被聘为北京一家旅游杂志驻河南记者站的记者。杂志社要求记者站设在郑州,那就必须在郑州租房子。我把这点意思透露给奶奶,她叹了口气:"又跑那么远哪。"

和董商量了一下,我决定依然留在县城,陪她。董在郑州的租住地就当成我的记者站处所,他帮我另设了一个信箱,替我打理在郑州的一切事务。如果需要我出面,我就去跑几天再回来。

工作进展得很顺利。因为打着旅游的牌子,可以免费到各个景区走走,以采访为借口游玩一番。最一般的业绩每月也能卖出几个页码,运气好的时候甚至可以拉到整期专刊的版面。日子很是过得去,很对我的胃口。闲时还能去照顾照顾奶奶，好得不能再好了。

仿佛是为了迎合我留下来的决定，不久，她就病了，手颤颤巍巍的，拿不起筷子，系不住衣扣。把她送到医院做了CT，诊断结果是脑部生了一个很大的瘤，虽然是良性的，却连着一个大血管，还压迫着诸多神经，如果不做手术切除，她很快就会不行。然而若要做，肯定又切不干净。我们兄妹四个开了几次会，商量到底做不做手术——她已经七十九岁，做开颅手术已经很冒险。总之，不做肯定是没命。做了呢，很可能是送命。

我们去征求她的意见。

"我的意思，还是回家吧。"她说，"我不想到了了还光头拔脑，剖葫芦开瓢的，多不好。到地底下都没法子见人。"

"你光想着去地底下见人，就没想着在地面上多见见我们？"我笑。

"我不是怕既保不了全尸又白费你们的钱吗？你们的钱都不是好挣的。"

"我们四个供你一个，也还供得起。"大哥说。

"那，"她犹豫着，"你们看着办吧。"

两周的调养之后，她做了开颅手术，手术前，她果然被剃了光头。她自言自语道："唉，谁剃头，谁凉快。"

"奶奶。"我喊她。

"哦。"

"你知不知道现在很多女明星都剃了光头?你赶了个潮流呢。"

"我不懂赶啥潮流。"她笑,"我知道这是赶命呢。"

剃头时她闭着眼躺着的样子,非常乖,非常弱,像个孩子。

瘤子被最大程度地取了出来。手术结束后,医生说,理论上讲,瘤根儿复发的速度很慢,只要她的情绪不受什么大的刺激,再活十年都没有问题。她的心脏状况非常好,相当于二三十岁年轻人的心脏。

我们轮流在医院照顾她。大哥的朋友,二哥的朋友,我的朋友,姐姐的亲戚,都来探望,她的病房里总是一番欣欣向荣的景象。大约从来没有以自己为中心这么热闹过,一次,她悄悄地对我说:"生病也是福,没想到。"

总共两个月的术后恢复期。到后一个月,哥哥们忙,就很少去医院了。嫂子们自然也就不见了踪影,医院里值班最多的就是我和姐姐。姐姐的儿子刚刚半岁,三个孩子,比不上我闲,于是我就成了老陪护。

"二妞,"她常常会感叹,"没想到借上你的力了。"

"什么没想到,你早就打算好了。当初不让大哥调我去县里,想把我拴在脚边的,不是你是谁?"我翻着眼看她,"这下子你可遂了心了。"

"死牙臭嘴！"她骂，"这时候还拿话来怄我。"

渐渐地，她能下床了。我就扶她到院子里走走，说些小话。有一次，我问她："你有没有？"

"有啥？"

"你知道。"

"我知道？"她迷惑，"我知道个啥？"

"那一年，我们吵架。你说有了不能指靠的男人，也是守寡……"

"我胡说呢。"她的脸红了，"没有。"

"别哄我。我可是个狐狸精。"

"还不是你爷爷。"她的脸愈发红了。这说谎的红看起来可爱极了。

"我不信。"我拖长了声音，"你要再不说实话，我可不伺候你了。"

她沉默着，盯着脚下的草。很久，才说："是个在咱家吃过派饭的干部，姓毛……"

"毛干部。"

"别喊。"她的脸红成了一块布，仿佛那个毛干部就站在了眼前。然后她站了起来："唉，该吃饭了。"她拍拍肚子，"饿了。"

她是在夜晚关灯之后，接着讲的。

那是在一九五六年底，县里在各乡筹建高级农业生产合作社，派了许多工作组下来。村里人谁都想要工作组到自己家里吃派饭，一是工作组的人都是上头下来的，多少有些面子。自家要是碰到了什么事，好跟他张口。二是工作组的人在哪家吃饭都不白吃，一天要交一斤粮票：早上三两，中午四两，晚上三两；还有四毛钱：早上一毛钱，中午和晚上各一毛五。这些钱粮工作组的人是吃不完的，供派饭的人家就可以把余额落了，赚些小利。

她原来没想去争，只等着轮。"可等来等去发现轮到的总是你小改奶奶那几个强势的人家。我心里就憋屈了。"她说。那天，她在门口，看见村主任领着一个戴眼镜的人往村委会走，就知道又要派饭了。她就跟了去，小改已经等在那里了。一见她来，劈头就说：你一个寡妇家，还是别揽这差事吧。

"我一听就恼了。我就说：我一个寡妇家怎么啦？我为啥当的寡妇？我男人是烈士，为革命掉的脑袋！我是烈属！为革命当的寡妇！我行得正，走得端，不怕是非！我就要这派饭！我能完成任务！"

话到这份儿上，他们也只好把这派饭给了她。派饭期是两个月，吃住都在一起。

"有白面让他吃白面,有杂面让他吃杂面。我尽量做得可口些。过三天他就给我交一回账。怕我推辞,他就把粮票和钱压在碗底儿。他也是迂,我咋会不要呢?……开始话也不多,后来我给他浆洗衣裳,他也给我说些家常,慢慢地,心就稠了……"

再后来,县里建了耐火材料厂,捆耐火钢砖的时候需要用稻草绳,正好我们村那一年种了稻,上头让村民们搓稻草绳支援耐火厂,每家每天得交二十斤。那些人口多的家户,搓二十斤松松的,奶奶手边儿没人,交这二十斤就很艰难。

"到了黄昏,他在村里办完了事,就替我把稻草领回来,先沤上水,沤上水草绳就润了,有韧劲了,不糙了,好搓。吃罢了饭,他就过来帮我搓草绳。到底是男人的手,搓得有劲儿,搓得快……"

"搓着搓着,你们俩就搓成了一根绳?"

"死丫头!"她笑起来。

我问她有没有人发现他们的事,她说有。那时候家家都不装大门,听窗很容易。发现他们秘密的人,就是小改。她记挂着没抢到派饭的仇,就到村干部那里告了他们的黑状。他们自然是异口同声地否认。

"他不慌不忙地对大家伙儿说:你们听我姓毛的一句话,这事绝对没有!你小改奶奶说:你姓毛的有啥了不起!说没有就没有？你就不会犯错误？这可让他逮住了把柄，他红头涨脸地嚷：你说姓毛的有啥了不起？毛主席还姓毛呢！你说毛主席有啥了不起？你说毛主席也会犯错误？我看你就是个现行反革命！一句话把你小改奶奶吓得差点儿跪下，再也不敢提这茬了。"她轻轻地笑出来，"看他文绉绉的，没想到还会以蛮治蛮。也对。有时候，人不蛮也得蛮呢。"

"还怀过一个。"沉默了很久，她又说。

我怔住。

"那该怎么办啊？"半天，我才问。

"那一年，就说去打探你爷爷的信儿了，出去了一趟。做了。"

原来她说那一年去找爷爷，就是为了这个。

"那他知道不知道？"

"没让他知道。"她说。她也曾想要去告诉他，却听村干部议论，说他因在"大鸣大放"的时候向上头反映说一个月三十斤粮食不够吃，被定性是在攻击国家的粮食统购销政策，成了右派，正在被批斗。她知道自己不能说了。

"他知道了又咋的？白跟着受惊吓。"

"你就不怕自己有个三长两短？"

"富贵在天，生死由命。不想那么多。"

"你不恨他？"

"不恨。"

"你不想他？"

"不想。"

"要是不想早就忘了，"我说，"还记得这么真。"

"不用想，也忘不掉。"她说，"钉子进了墙，锈也锈到里头了。"

"你们俩要是放到现在……"我试图畅想，忽然又觉得这畅想很难进行下去，就转过脸问她，"是不是觉得我们现在的日子特别好？"

"你们现在的日子是好。"她笑了笑，"我们那时的日子，也好。"

我再次怔住。

十二

她去世后的第二年，一天，我去帮婆婆领工资，正赶上一帮老人的工资户头换了代理银行，所有储户都需要重新填详细资料。其实也没几项，但对于那些得戴着花镜才能看清字迹的老人们来说，就很是琐碎辛苦。先是一个老人让我帮着填。我就填了。结果一发而不可收，很多老人都挤过来让我帮忙。在人群中，有个老人也递来了身份证。我一看，他姓毛。一九二〇年出生。

"你当年下过乡吃过派饭？"

"你咋知道？"他说，"你认得我？"

"不认得，冒猜的。"我说，"你在哪里下过乡？"

"高村，马庄，五里源……"

"杨庄去过吗？"

"去过。"

……

我没再问，他也没再说，他看着我的脸。一眼，又一眼。我规规矩矩地给他填好表，双手递给他。

"谢谢。"他说。

"谢谢。"我也在心里说。我就是想感谢他。哪怕就是因为奶奶为他堕过胎，流过产，我也想感谢他。哪怕他不是那个人，仅仅因为他姓毛，我也想感谢他。

十三

她很快就恢复了健康。住院费是两万四。每家六千。听到这个数字，她沉默了许久。

"这么多钱，你们换了一个奶奶。"

生活重新进入以前的轨道。她又开始在两家轮住。但她不再念叨嫂子们的闲话了——每家六千这笔巨款让她噤声。她觉得自己再唠叨嫂子们就是自己不厚道。同样地，对两个孙女婿，她也觉得很亏欠。

"你们几个嘛，我好歹养过，花你们用你们一些是应该的。人家我没出过什么力，倒让人家跟着费心出钱。过意不去。"

"你的意思是说，我以后也不该孝敬公婆？"我说，"反正他们也没有养过我。"

"什么话！"她喝道。然后，很温顺地笑了。

冬天，家里的暖气不好，我就陪她去澡堂洗澡，一周一次。我们洗包间。她不洗大池。她说她不好意思当着那么多人赤身露体。我给她放好水，很烫的水。她喜欢用很烫的水，说那样才痛快。然后我帮她脱衣服。在脱套头内衣的时候，我贴着她的身体，帮她把领口撑大，内衣便裹着一股温热而陈腐的气息从她身上弥漫开来。她露出了层层叠叠的身体。这时候的她就开始有些局促，要我忙自己的，不要管她。最后，她会趁着我不注意，将内裤脱掉。我给她擦背，擦胳膊，擦腿，她都是愿意的。但是她始终用毛巾盖着肚子，不让我看到她的隐秘。穿衣服的时候，她也是先穿上内裤。

对于身体，她一直是有些羞涩的。

刚刚洗过澡的身体，皮肤表层还含着水，有些涩，内衣往往在背部卷成了卷儿，对于老人来说，把这个卷儿拽展也是一件很吃力的事。我再次贴近她的身体，这时她的身体是温爽的，不再陈腐，却带着一丝极淡极淡的清酸。

冬天过去，就是春天。春天不用去澡堂，就在家里洗。一周两次。夏天是一天一次，秋天和春天一样是一周两次，然后冬去春来。日子一天天过去，平静如流水。似乎永远可以这样过下去。

但是，这个春天不一样了。大哥和二哥都出了事。

大哥因为渎职被纪检部门执行了"双规"，一个星期没有音讯。大嫂天天哭，天天哭。我们就对奶奶撒谎说他们两口子在生气，把她送到了二哥家。一个月后，大哥没出来，二哥也畏罪潜逃。他挪用公款炒股被查了出来。二嫂也是天天哭，天天哭。我又把奶奶送到了姐姐家。

她终于不用轮着住了。

三个月后，哥哥们都被判了刑。大哥四年，二哥三年。我们统一了口径，都告诉奶奶：大哥和二哥出差了，很远的差，要很久才能回来。

"也不打个招呼。"她说。

一个月，两个月，她开始还问，后来就不问了。一句也不问。她的沉默让我想起父亲住院时她的情形来。她怕。我知道她怕。

她沉默着。沉默得如一尊雕塑。这雕塑吃饭，睡觉，穿衣，洗脸，上卫生间……不，这雕塑其实也说话，而且是那种最正常的说。中午，她在门口坐着，邻居家的孩子放学了，蹦蹦跳跳地喊她：

"奶奶。"

"哦。"她说，"你放学啦？"

"嗯！"

"快回家吃饭。"

孩子进了家门，她还在那里坐着。目光没有方向，直到孩子母亲随后过来。

"奶奶还不吃饭啊？"——孩子和母亲都喊她奶奶，是不合辈分规矩的，却也没有人说什么，大家就那么自自然然地喊着，仿佛到了她这个年岁，从三四岁到三四十岁的人喊奶奶都对。针对她来说，时间拉出的距离越长，晚辈涵盖的面积就越大。

"就吃。"奶奶说，"上地了？"

"嗳。"女人搬着车，"种些白菜。去年白菜都贵到三毛五一斤了呢。"

"贵了。"奶奶说，"是贵了。"

话是没有一点问题，表情也没有一点问题，然而就是这些没问题的背后，却隐藏着一个巨大无比的问题：她说的这些话，似乎不经过她的大脑。她的这些话，只是她活在这世上八十多年积攒下来的一种本能的交际反应，是一种最基础的应酬。说这些话的时候，她的魂儿在飘。飘向县城她两个孙子的家。

我当然知道。每次去姐姐家看她，我都想把她接走，可我始终没有。我怕。我把她接到县城后又能怎么样呢？我没办法向她交代大哥和二哥，即使她不去他们家住，即使我另租个房子给她住，我也没办法向她交代。我知道她在等我交代。——当然，她也怕我交代。

二〇〇二年麦收后的一个星期天，我去姐姐家看她。她不在。邻居家的老太太说她往南边的路上去了。南边的路，越往外走越靠近田野。刚下过雨，田野里麦茬透出一股霉湿的草香味。刚刚出土的玉米苗叶子上闪烁着翡翠般的光泽。我走了很久，才看见她的背影。她慢慢地走着。路上还有几分泥泞，一些坑坑洼洼的地方还留着不少积水——因为经常有农民开拖拉机从这条路上压过，路面被损毁得很严重。我看见，她在一个小水洼前站定，沉着片刻，准确地跨了过去。她一个小水洼一个小水洼地跨着，像在做着一个简单的游戏。她还不时弯腰俯身，捡起散落在路边的麦穗。等我追上她的时候，她手里已经整整齐齐一大把了。

"别捡了。"我说。

"再少也是粮食。"

"你捡不净。"

"能捡多少是多少。"

于是我也弯腰去捡。我们捡了满满四把。奶奶在路边站定,用她的手使劲儿地搓啊,搓啊,把麦穗搓剩下了光洁的麦粒。远远地,一个农民骑着自行车过来了,她看着手掌里的麦粒,说:"咱这两把麦子,也搁不住去磨。给人家吧。给人家。"

我从她满是老年斑的手里接过那两把麦粒。麦粒温热。

那天,我又一次去姐姐家看她。吃饭的时候,她的手忽然抖动了起来,先是微微的,然后越来越快,越来越剧烈。我连忙去接她的碗,粥汁儿已经在刹那间洒在了她的衣服上。

她的脑瘤再次复发了。长势凶猛。医生说:不能再开颅了,只能保守治疗。——就是等死。

奶奶平静地说:"回家吧。回杨庄。"

出了村庄,视线马上就会疏朗起来。阔大的平原在面前徐徐展开。玉米已经收割过了,此时的大地如一个柔嫩的婴儿。半黄半绿的麦苗正在出土,如大地刚刚萌芽的细细的头发,又如凸绣在大地身上的或深或浅的睡衣的图案。是的,总是这样,在我们豫北的土地上,不是麦子,就是玉米,每年每年,都是这些庄稼。无论什么人活着,这些庄稼都是这样。

它们无声无息，只是以色彩在动。从鹅黄，浅绿，碧绿，深绿，到金黄，直至消逝成与大地一样的土黄。我还看见了一片片的小树林。我想起春天的这些树林，阳光下，远远看去，它们下面的树干毛茸茸地聚在一起，修直挺拔，简直就是一枚枚排列整齐的玉。而上面的树叶则在阳光的沐浴下闪烁着透明的笑容。有风吹来的时候，它们晃动的姿态如一群嬉戏的少女。是的，少女就是这个样子的。少女。它们是那么温柔，那么富有生机。如土地皮肤上的晶莹绒毛，土地正通过它们洁净换气，顺畅呼吸。

我和奶奶并排坐在桑塔纳的后排。我在右侧，她在左侧。我没有看她。始终没有。不时有几片白杨的落叶从我们的车窗前飘过。这些落叶，我是熟悉的。这是最有耐心的一种落叶。从初秋就开始落，一直会落到深冬。叶面上的棕点很多，有些像老年斑。最奇怪的是，它的落叶也分男女：一种落叶的叶边是弯弯曲曲的，很是妖娆妩媚；另一种落叶的叶边却是简洁粗犷，一气呵成。如果拿起一片使劲儿地嗅一嗅，就会闻到一股很浓的青气。

"到了。"我听见她说。是的，杨庄的轮廓正从白杨树一棵一棵的间距中闪现出来，越来越近，越来越近。

十四

那些日子，我和姐姐在她身边的时间最久。无论对她，对姐姐，还是对我，似乎只有这样才最无可厚非。三个血缘相关的女人，在拥有各自漫长回忆的老宅里，为其中最年迈的那个女人送行，没有比这更自然也更合适的事了。

她常常在昏睡中。昏睡时的她很平静。胸膛平静地起伏，眉头平静地微蹙，唇间平静地吐出几句含混的呓语。在她的平静中，我和姐姐在堂屋相对而坐。我看着电视，姐姐在昏暗的灯光下一边织着毛衣一边研究着编织书上的样式，她不时地把书拿远。我问她是不是眼睛有问题，她说："花了。"

"才四十就花了？"

"四十一了。"她说，"没听见俗话？拙老太，四十边。四十就老了。老就是从这些小毛病开始的。"她摇摇脖子，"明天割点豆腐，今天东院婶子给了把小葱，小葱拌豆腐，就是好吃。"

我的姐姐，就这样老了。我和姐姐，也不过才错八岁。

她在里间叫我们的名字，我们跑过去，问她怎么了。她说她想大便。她执意要下床。我们都对她说，不必下床。就在床上拉吧——我和姐姐的力气并在一起，也不能把她抱下床了。

"那多不好。"

"你就拉吧。"

她沉默了片刻。

"那我拉了。"她说。

"好。"

她终于放弃了身体的自尊,拉在了床上。这自尊放弃得是如此彻底:我帮她清洗。一遍又一遍。我终于看见了她的隐秘。她苍老的然而仍是羞涩的隐秘。她神情平静,隐秘处却有着紧张的皱褶。我还看见她小腹上的妊娠痕,深深的,一弯又一弯,如极素的浅粉色丝缎。轻轻揉一揉这些丝缎,就会看见一层一层的纹络潮涌而来,如波浪尖上一道一道的峰花。——粗暴的伤痕,优雅的比喻,事实与描述之间,是否有着一道巨大的沟壑?

我给她清洗干净,铺好褥子,铺好纸。再用被子把她的身体护严,然后我靠近她的脸,低声问她:"想喝水吗?"

她摇摇头。

我突然为自己虚伪的问话感到羞愧。她要死了。她也知道自己要死了,我还问她想不想喝水。喝水这件事,对她的死,是真正的杯水车薪。

但我们总要干点什么吧,来打发这一段等待死亡的光阴,来打发我们看着她死的那点不安的良心。

她能说的句子越来越短了。常常只有一两个字："中""疼""不吃"，最长的三个字，是对前来探望的人客气："麻烦了。"

"嫁了。"一天晚上，我听见她呓语。

"谁嫁？"我接着她的话，"嫁谁？"

"嫁了。"她不答我的话，只是严肃地重复着。

我盯着黑黝黝的屋顶。嫁，是女人最重要的一件事。在这座老宅子里，有四个女人嫁了进来，两个女人嫁了出去。她说的是谁？她想起了谁？或者，她只是在说自己？——不久的将来，她又要出嫁。从生，嫁到死。

嫂子们也经常过来，只是不在这里过夜。哥哥们不在，她们还要照顾孩子，作为孙媳妇，能够经常过来看看也已经抵达了尽孝的底线。她们来的时候，家里就会热闹一些。我们几个聊天，打牌，做些好吃的饭菜。街坊邻居和一些奶奶辈的族亲也会经常来看奶奶。奶奶多数时间都在昏睡——她昏睡的时间越来越长了。她们一边看着奶奶，一边聊着各种各样的话题，偶尔会爆发出一阵欢腾的笑声。笑过之后又觉得不恰当，便再陷入一段弥补性的沉默，之后，她们告辞。各忙各的事去。

奶奶正在死去，这事对外人来说不过是一个应酬。——其实，对我们这些至亲来说，又何尝不是应酬？更长的，更痛的，更认真的应酬。应酬完毕，我们还要各就各位，继续各自的事。

就是这样。

祖母正在死去，我们在她熬煎痛苦的时候等着她死去。我甚至怀疑自己是否曾经恶毒地暗暗期盼她早些死去。在污秽、疼痛和绝望中，她知道死亡已经挽住了她的左手，正在缓缓地将她拥抱。对此，她和我们——她的所谓的亲人，都无能为力。她已经没有未来的人生，她必须得独自面对这无尽的永恒的黑暗。而目睹着她如此挣扎，时日走过，我们却连持久的伤悲和纯粹的留恋都无法做到。我们能做到的，就是等待她的最终离去和死亡的最终来临。这对我们彼此都是一种折磨。既然是折磨，那么就请快点儿结束吧。

也许，不仅是我希望她死。我甚至想，身陷囹圄的大哥和二哥，也是想要她死的。他们不想见到她。在人生最狼狈最难堪最屈辱的时刻，他们不想见到奶奶。他们不想见到这个女人，这个和他们之间有着最温暖深厚情谊的女人。这个曾经把自己的一切都化成奶水喂给他们喝的女人，他们不能面对。

这简直是一定的。

奶奶自己,也是想死的吧?先是她的丈夫,然后是她的儿子,再然后是她的儿媳,这些人在她生命里上演的是一部情节雷同的连续剧:先是短暂的消失,接着是长久的直至永远的消失。现在,她的两个孙子看起来似乎也是如此。面对关于他们的不祥秘密,我们的谎言比最薄的塑料还要透明,她的心比最薄的冰凌还要清脆。她长时间的沉默,延续的是她面对灾难时一贯的自欺,而她之所以自欺,是因为她知道:自己再也经不起了。

于是,她也要死。

她活够了。

那就死吧。既然这么天时,地利,人和。

反正,也都是要死的。

我的心,在那一刻冷硬无比。

在杨庄待了两周之后,我接到董的电话,他说豫南有个景区想要搞一个文化旅游节,准备在我那家杂志上做一期专刊。一期专刊我可以拿到八千块钱提成,是一笔不小的数目。奶奶的日子不多了。我知道。或许是一两天,或许是三四天,或许是十来天,或许是个把月,但我不能在这里等。她的命运已经定了,我的命运还没有定。她已经将近死亡,而我还没有。我正在面对活着的诸多问题。只要活着,我就需要钱。

所以我要去。

就是这样明确和残酷。

"奶奶,"我尽力让自己的声音明朗和喧闹一些,"跟你请个假。"

"哦。"她答应着。

"我去出个短差,两三天就回来。"

"去吧。"

"那我去啦。"

"去吧。"

三天后,我回来了。凌晨一点,我下了火车。县城的火车站非常小,晚上觉得它愈发地小。董在车站接我。

"奶奶怎样?"

"还好。"董说,"你还能赶上。"

我们上了三轮车。总有几辆人力三轮此时还候着,等着接这一班列车的生意。车到影剧院广场,我们下来,吃夜宵。到最熟悉的那家烩面摊前,一个伙计正在蓝紫色的火焰间忙活着。这么深冷的夜晚,居然还有人在喝酒。他在炒菜。炒的是青椒肉丝,里面的木耳肥肥大大的。看见我们,他笑道:"坐吧。马上就好。"

他的眼下有一颗黑痣,如一滴脏兮兮的泪。

回到家里,简单洗漱之后,我们做爱。董在用身体发出请求的时候，我不假思索地就接受了。他大约是觉得歉疚，又轻声问我是否可以，我知道他是怕奶奶的病影响我的心情。我说："没什么。"

我知道我应该拒绝。我知道我不该在此时与一个男人欢爱。但当他那么亲密地拥抱着我时，我却无法拒绝。也不想拒绝。我也想在此时欢爱。我发现自己此时如此迫切地需要一个男人的温暖，从外到里。还好，他是我丈夫，且正在一丈之内。这种温暖名正言顺。

奶奶，我的亲人，请你原谅我。你要死了，我还是需要挣钱。你要死了，我吃饭还吃得那么香甜。你要死了，我还喜欢看路边盛开的野花。你要死了，我还想和男人做爱。你要死了，我还是要喝汇源果汁、嗑洽洽瓜子，拥有并感受着所有美妙的生之乐趣。

这是我的强韧，也是我的无耻。

请你原谅我。请你，请你一定原谅我。因为，我也必在将来死去。因为，你也曾生活得那么强韧和无耻。

十五

第二天早上，我赶到杨庄，奶奶的神志出现了将近半个小时的清醒——这是她生前最后一次清醒。有那么一小会儿，房间里没有一个人。我静静地守着她,像一朵花绽放一样,我看见她的眼睛慢慢睁开了。我俯到她的眼前,她的眼睛定定地看着我。眼神如水晶般纯透、无邪,仿佛一双婴儿的眼睛。

她就那么定定地看着我,好像我是她的母亲。

"我回来了。"我说。

"好。"她说。她的胸膛有力地鼓动了几下,似乎是在积攒力气。然后,她清晰地说:"嫁了。"

"谁?"

"让她们,"她艰难地说,"嫁了。"

我蓦然明白:她是在说两个嫂子。我的大愚若智的奶奶,她以为她的两个孙子已经死了。她要两个嫂子改嫁。她怕她们和她一样年纪轻轻就守寡。

我不由得笑了。原来,对她撒谎没有一点儿必要。在她猜测的所有谜底中,事实真相已经是一种足够的仁慈。

我把嘴巴靠近她的耳朵。我喊:"奶奶。"

"哦,"她最后一次喊我,"二妞。"

"你别担心。"我说,"他们都没有死。"

她的眼睛一下子亮得吓人。

"他,们,两,个,都,好,好,的。"我一字一字地说。

她不说话,眼睛里的光暗了下去。我知道她是在怀疑我,用她最后的智慧在怀疑我。

"他，们，都，不，听，话。犯，了，错，误。被，关，起，来，了。"我说，"教，育，教，育，就，好，了。"

慢慢地，奶奶的嘴角开始溢出微笑。一点一点，那微笑如蜜。

"好。"她说。然后她抬起手，指了指床脚的樟木箱子。我打开，在里面找出了一个白粗布包袱，里面整整齐齐地叠放着一套寿衣。宝石蓝底儿上面绣着仙鹤和梅花的图案，端庄绚丽。寿衣旁边，还有一捆细麻绳。孝子们系孝帽的时候，用的都是这样的细麻绳。

下午四点四十五分，奶奶停止了呼吸。

那些日子实在说不上悲痛。习俗也不允许悲痛。她虚寿八十三，是喜丧。有亲戚来吊唁，哭是要哭的，吃也还要吃，睡也还要睡，说笑也还是要说笑。大嫂每逢去睡的时候还要朝着棺材打趣："奶奶，我睡了。"又朝我们笑："奶奶一定心疼我们，会让我们睡的。"

棺材是两个，一大一小。大的是她的，小的是祖父的。祖父的棺材里只放了他的一套衣服。他要和奶奶合葬，用他的衣冠。灵桌上的照片也是两个人的，放在一起却有些怪异：祖父还停留在二十八岁，奶奶已经是八十二岁了。

守灵的夜晚是难熬的。没有那么多床可睡，男人们就打牌,女人们就聊天。有时候她们会讲一些奶奶的事。大嫂是听大哥说的:小时候的冬天仿佛特别冷,每天早上起床的时候,奶奶都会把大哥的衣服拿到火上烤热,然后合住,尽力不让热气跑出来,她紧着步子跑到他的床边,笑盈盈地说:"大宝,快起来,可热了,再迟就凉了。"大哥赖着不肯起,她就把手伸到被子里去咯吱他的腋窝,一边咯吱还一边念叨:"小白鸡,挠草垛,吃有吃,喝有喝……"好不容易打发他穿好了衣服,就把他抱到挨着煤灶砌着的炕床上,再从温缸里舀来水,给他洗脸。然后再喂他饭吃。温缸就是煤灶旁边嵌着的一个小缸,缸里装着水,到了冬天,这缸里的水就着炉灶的热气,总是温的。

二嫂说的自然是二哥的事,她说二哥小时候很胆小,每当在外面被人欺负了,就哭着回家喊奶奶,边喊边说:"奶奶,你快去给我报仇啊。"她还讲了二哥小时候跟奶奶睡大床的事,说因为奶奶不肯让我睡大床,二哥为此得意了很久。

"那时候你是不是有老大意见?"二嫂问。

"没意见没意见。"我说,"我要是在她棺材边还抱怨小时候的事,她会半夜过来捏我鼻子的。"

她们就都笑了。笑声中,我看着灵桌上的照片,蓦然发现,二哥的面容和年轻的祖父几乎形同一人。

因为是烈属,村委会给奶奶开了追悼会。追悼会以重量级的辞藻将她歌颂了一番,说她爱国爱家,遵纪守法,和睦乡邻,处事公允。说她的美德比山高,她的胸怀比海宽,她的品格如日照,她的情操比月明。这大而无当的总结让我们又困惑又自豪,误以为是中央电视台在发送讣告。

追悼会后是家属代表发言。家属就是我们四个女人,嫂子们都推辞说和奶奶处的时间没有我和姐姐长,不适合做家属代表。我和姐姐里,只有我出面了。我说我不知道该说什么,姐姐道:"你是个整天闯荡世界的大记者,你都不会说,那我去说?"

众目睽睽之下,我只好站了出来。大家都静静地候着,等我说话。等我以祖母家属的身份说话。我却说不出话来。人群越发地静,到后来是死静,我还是说不出一个字。我站在她的遗像前,像一个木偶。

"说一句。"主持丧礼的知事人说,"只说一句。"

于是,我说:"我代表我的祖母王兰英,谢谢大家。"

然后,我跪下来,在知事人的指挥下,磕了一圈头。回到灵棚里,一时间,我有些茫然。我刚才说了句什么?我居然代表了我的祖母,我第一次代表了她。可我能代表她吗?我和她的生活是如此不同,我怎么能够代表她?

——但是,且慢,难道我真的不能代表她吗?揭开那些形式的浅表，我和她的生活难道真的有什么本质不同吗？

我看着一小一大两个棺材。它们不像是夫妻，而像是母子。我看着灵桌上一青一老两张照片。也不像是夫妻，而像是母子。——为什么啊？为什么每当面对祖母的时候，我就会有这种身份错乱的感觉？会觉得父亲是她的孩子，母亲是她的孩子，就连祖父都变成了她的孩子？不，不止这些，我甚至觉得村庄里的每一个人，走在城市街道上的每一个人，都像是她的孩子。仿佛每一个人都可以做她的孩子，她的怀抱适合每一个人。我甚至觉得，我们每一个人的样子里，都有她，她的样子里，也有我们每一个人。我们每一个人的血缘里，都有她。她的血缘里，也有我们每一个人。——她是我们每一个人的母亲。

不，还不止这些。与此同时，她其实，也是我们每一个人的孩子，和我们每一个人自己。

十六

这些年来，我四处游历，在时间的意义上，她似乎离我越来越远，但在生命的感觉上，我却仿佛离她越来越近。我在什么地方都可以看见她，在什么人身上都可以看见她。她的一切细节都秘密地反刍在我的生活里，不知道什么时候就会奇袭而来，把我打个措手不及。比如，我现在过日子也越来越仔细。洗衣服的水舍不得倒掉，用来涮拖把，冲马桶。比如，用左手拎筷子吃饭的时候，手背的指关节上，偶尔还是会有一种暖暖的疼。比如，在豪华酒店赴过盛宴之后，我往往会清饿一两天肠胃，轻度的自虐可以让我在想起她时觉得安宁。比如，每一个生在一九二〇年的人都会让我觉得亲切：金嗓子周璇，联合国第五任秘书长佩雷斯·德奎利亚尔，意大利导演费里尼……

那天，我在一个县城的小街上看到一个穿着偏襟衣服的乡村老妇人，中式盘扣一直系到颈下，雪白的袜子，小小的脚，挨着墙慢慢地认真地走着。我凑上前，和她搭了几句话。

"您老高寿？"

"八十有六。"

我飞快地在脑子里算着，如果奶奶在，她比奶奶大还是小。

"您精神真好啊。"

"过一天少一天，熬日子吧。坐吃等死老无用。"

那天，我采访到了安徽歙县的牌坊村，七座牌坊依次排开，蔚为壮观。导游小姐给我们讲了个寡妇守节的故事，其实也都听说过：一个壮年失夫的少妇每到深夜便撒一百铜钱于地，然后摸黑一一捡起，若有一枚找不到，就决不入睡。待捡齐后，神倦力竭，才能乏然就寝——只能用乏然，而不能用安然。

我微笑。这个少妇能够以撒钱于地的方式来转移自己和娱乐自己，生活状况还是不错的。而我的祖母，这位最没有生计来源的农妇，她尚没有这种游戏的资本和权利。一个又一个漫漫长夜，用来空落落地怀想和抒情，这对她来说是太奢侈了，她和自己游戏的方式多么经济实惠：只有织布。只有那一匹又一匹三丈六尺长二尺七寸宽的白布。

那天，我在图书馆查阅资料，翻到一本关于小脚的书，著作者叫方绚，清朝人。书名叫《香莲品藻》，说女人小脚有三贵：一曰肥，二曰软，三曰秀。说脚的美丑分九品：神品上上，妙品上中，仙品上下，珍品中上，清品中中，艳品中下……还说了基本五式：莲瓣，新月，和弓，竹萌，菱角。而居然那么巧，在这层书架的下一格，我又随便抽到一本历史书，读到这样一条消息："……光绪十三年（公元一八八七年），七月，梁启超，谭嗣同，汪康年，康广仁等发起成立全国性的不缠足会。不缠足会成为戊戌变法期间争女权、倡导妇女解放的重要团体，它影响深远，直至民国以后。"

那天，我正读本埠的《大河报》，突然看见一版广告，品牌的名字是"祖母的厨房"。一个金发碧眼满面皱纹的老太太头戴厨师的白帽子，正朝着我回眸微笑。内文介绍说，这是刚刚在金水路开业的一家以美国风味为主的西餐厅。提供的是地道的美式菜品和甜点：鲜嫩的烤鲑鱼，可口的三明治，美味的茄汁烤牛肉，香滑诱人的奶昔，焦糖核桃冰激凌……还有绝佳的比萨，用的是特制的烤炉，燃料是木炭。

我微笑。我还以为会有烙馍，葱油饼，小米粥，甚至腌香椿。多么天真。

那天，我在上海的淮海路闲逛，突然看到一张淡蓝色的招牌，上面是典雅的花体中英文：祖母的衣柜 Grandmother's Wardrobe——中式服装品牌专卖店 Brand Monopolized Shop of The Chinese Suit，贴着橱窗往里看，我看见那些模特——当然不是祖母模特——她们一个比一个青春靓丽——身上样衣的打折款额：中式秋冬坎肩背心，兔毛镶边，一百三十九元。石榴半吐红中绣花修身中式秋衣，一百六十元……

"小姐，请进来吧，喜欢什么可以试试。"服务生温文尔雅地招呼道。

我摇摇头，慢慢向前走去。

还会有什么是以祖母命名的呢？祖母的鞋店，祖母的包行，祖母的首饰，祖母的书店，祖母的嫁妆……甚或会有如此一网打尽的囊括：祖母情怀。而身为祖母的那些女人也许永远也不会知道，她会成为一种商业标志，成为怀旧趣味的经典代言。

当然，这也没什么不好。

我只微笑。

我的祖母已经远去。可我越来越清楚地知道：我和她的真正间距从来就不是太宽。无论年龄，还是生死。如一条河，我在此，她在彼。我们构成了河的两岸。当她堤石坍塌顺流而下的时候，我也已经泅到对岸，自觉地站在了她的旧址上。我的新貌，在某种意义上，就是她的陈颜。我必须在她的根里成长，她必须在我的身体里复现，如同我和我的孩子，我的孩子和我孩子的孩子，所有人的孩子和所有人孩子的孩子。

——活着这件原本最快的事，也因此，变成了最慢。生命将因此而更加简约，博大，丰美，深邃和慈悲。

这多么好。

《收获》2008 年第 3 期

名家点评

《最慢的是活着》透过奶奶漫长坚韧的一生,深情而饱满地展现了中华文化的家族伦理形态和潜在的人性之美。祖母和孙女之间的心理对峙和化芥蒂为爱,构成了小说奇特的张力;如怨如慕的绵绵叙述,让人沉浸于对民族精神承传的无尽回味中。

第五届鲁迅文学奖授奖辞 ++++++++++++++

这篇小说以家常小事件,写出了大时代中一个普通中国女性的一生。在委婉有致的讲述中,一个平凡的祖母从遥远的乡村生活深处走来,携带着中国人相通的伦理准则和情感密码,给人以深深的感动。小说深情细腻,朴素安详,血肉丰满,表现出充沛的活力与元气,是近年来难得的中篇佳作。

首届郁达夫小说奖授奖辞 ++++++++++++++++

创作年表

1993年

﹡ 2月，散文《别同情我》在《中国青年报》发表。

1996年

﹡ 4月，散文集《孤独的纸灯笼》由上海人民出版社出版。

1998年

﹡ 1月，短篇小说《一个下午的延伸》发表于《十月》1998年第1期。

﹡ 2月，短篇小说《私奔》发表于《牡丹》1998年第1期。

﹡ 6月，短篇小说《失恋的圣诞老人》发表于《现代交际》1998年第6期。

创作谈《一片绿叶的声音》发表于《现代交际》1998年第6期。

散文集《坐在我的左边》由中国青年出版社出版。

1999年

﹡ 2月，短篇小说《没有斑点的山楂》发表于《人民公安》1999年第4期。

﹡ 8月，短篇小说《遥远的创可贴》发表于《人民公安》1999年第15期。

2000年

* 1月,短篇小说《那是我写的情书》发表于《人民公安》2000年第2期。

  散文集《迎着灰尘跳舞:乔叶随笔》由福建人民出版社出版。

* 10月,散文集《爱情底片》由浙江人民出版社出版。

  散文集《喜欢和爱之间》由中国国际广播出版社出版。

* 11月,散文集《薄冰之舞》由长江文艺出版社出版。

* 12月,散文集《坐在我的左边》获首届河南省文学奖。

2001年

* 5月,散文集《自己的观音》由中国青年出版社出版。

2003年

* 9月,散文集《自己的观音》获第三届河南省文学艺术优秀成果奖。

* 10月,长篇小说《守口如瓶》发表于《中国作家》第10期。小说入选《中国女性文学:新名篇·新解读》(中国文联出版社)。

2004 年

✳ 4月，长篇小说《我是真的热爱你》由长江文艺出版社出版。

✳ 8月，中篇小说《我承认我最怕天黑》发表于《牡丹》2004年第4期。小说入选《2004中国年度中篇小说(下)》(漓江出版社)、《2004年中国争鸣小说精选》(长江文艺出版社)。

✳ 11月，中篇小说《紫蔷薇影楼》发表于《人民文学》2004年第11期。

✳ 12月，中篇小说《普通话》发表于《都市小说》2004年第12期。

2005 年

✳ 1月，散文集《我们的翅膀店》由中国青年出版社出版。

✳ 2月，短篇小说《深呼吸》发表于《上海文学》2005年第2期。

中篇小说《爱情六周记》发表于《都市小说》2005年第2期。

✳ 3月，短篇小说《取暖》发表于《十月》2005年第2期。小说入选《2005中国年度短篇小说》(漓江出版社)、《2005年中国短篇小说精选》(长江文艺出版社)、《2005中国最佳短篇小说》(辽宁人民出版社)、《2005中国小说排行榜》(北京工业大学出版社)、《2005最受关注的小说 短篇卷》(上海科学技术文献出版社)、《华文2005年度最佳小说选 最佳情爱小说》(汕头大学出版社)。小说由丽莉亚娜·阿索夫斯卡(Liliana Arsovska)译为西班牙语,收录于西班牙语版《中国当代短篇小说选》(*Vidas: Cuentos de China Contemporanea*),五洲传播出版社出版。

中篇小说《他一定很爱你》发表于《十月》2005年第2期。

中篇小说《从窗而降》发表于《十月》2005年第2期。

创作谈《我的文学自传》发表于《十月》2005年第2期。

长篇小说《我是真的热爱你》入选2004年度中国小说排行榜长篇榜。

※ 7月,中篇小说《解决》发表于《红豆》2005年第7期。小说入选《2005中国年度中篇小说》(漓江出版社)。

※ 8月,中篇小说《芹菜雨》发表于《都市小说》2005年第9期。

※ 9月,中篇小说《轮椅》发表于《人民文学》2005年第9期。

※ 10月,创作谈《小心》发表于《北京文学·中篇小说月报》2005年第10期。

2006 年

乔叶被共青团河南省委等单位评为首届河南省十大青年文化新人。在第五届中国青年作家批评家论坛上，乔叶被评为 2006 年度青年作家。

※ 1 月，中篇小说《打火机》发表于《人民文学》2006 年第 1 期。

※ 3 月，创作谈《一束光》发表于《中篇小说选刊》2006 年第 2 期。

长篇小说《爱一定很痛》发表于《小说月报（原创版）》2006 年第 1 期。

短篇小说《取暖》荣登中国小说排行榜短篇榜榜首。

※ 7 月，短篇小说《遍地棉花》发表于《芒种》2006 年第 7 期。

※ 8 月，中篇小说《锈锄头》发表于《人民文学》2006 年第 8 期。

短篇小说《不可抗力》发表于《中国作家》2006 年第 8 期。

中篇小说《山楂树》入选《布老虎中篇小说·2006·夏之卷》（春风文艺出版社）。

2007 年

乔叶获第五届华语文学传媒大奖"最具潜力新人奖"、

首届《人民文学》"新浪潮"小说奖,被评为河南省宣传文化系统第二批"四个一批"人才。在省作协第五次作代会上,乔叶当选为河南省作协副主席。

❋ 1月,长篇小说《底片》发表于《长江文艺》2007年第1期。

长篇小说《虽然·但是》由河南文艺出版社出版。

❋ 3月,中篇小说《锈锄头》入选2006年度中国小说排行榜中篇榜。

❋ 4月,中篇小说《旦角——献给我的河南》发表于《西部》2007年第4期。

散文集《我们的翅膀店》获河南省第四届文学艺术优秀成果奖散文奖。

中篇小说《打火机》入选2006名家推荐中国原创小说年度排行榜。

❋ 5月,中短篇小说集《我承认我最怕天黑》由山东文艺出版社出版。

散文集《天使路过》由哈尔滨出版社出版。

中篇小说《打火机》获《小说月报》第十二届百花奖。

❋ 6月,长篇小说《结婚互助组》发表于《西部》2007年第6期。

❋ 7月,短篇小说《花之蕊》发表于《回族文学》2007

年第 4 期。

短篇小说《像天堂在放小小的焰火》发表于《收获》2007 年第 4 期。

※ 8 月，中篇小说《山楂树》获《北京文学·中篇小说月报》奖入围奖。

※ 9 月，短篇小说《海滨心居》发表于《飞天》2007 年第 9 期。

※ 10 月，长篇小说《结婚互助组》由江苏文艺出版社出版。

散文集《五颗樱桃》由江苏文艺出版社出版。

短篇小说《取暖》获第八届"十月文学奖"。

※ 11 月，短篇小说《防盗窗》发表于《滇池》2007 年第 11 期。

创作谈《亲爱的底层》发表于《滇池》2007 年第 11 期。

中篇小说《指甲花开》发表于《上海文学》2007 年第 11 期。

2008 年

※ 1 月，长篇小说《我是真的热爱你》发表于《长篇小说选刊》2008 年第 1 期。

创作谈《我和小说的初恋》发表于《长篇小说选刊》2008 年第 1 期。

中篇小说《指甲花开》获"中环"杯《上海文学》中篇小说大赛特等奖。

✳ 2月，短篇小说《良宵》发表于《人民文学》2008年第2期。小说俄文版由阿丽娜·佩洛娃（Alina Perlova）翻译，收录于俄罗斯《青年》（*New Youth*）2017年第3期。

短篇小说《最后的爆米花》发表于《山花》2008年第2期。

创作谈《那第一个字》发表于《山花》2008年第2期。

✳ 5月，中篇小说《最慢的是活着》发表于《收获》2008年第3期。

✳ 7月，创作谈《以生命为器》发表于《北京文学·中篇小说月报》2008年第7期。

短篇小说《家常话——献给汶川大地震遇难同胞及其家属》发表于《上海文学》2008年第7期。

短篇小说《爱情传说》发表于《小说界》2008年第4期。

✳ 8月，乔叶《一篇必须要写的小说》发表于《小说月报》2008年第8期。

✳ 9月，长篇小说《底片》由群众出版社出版。

✳ 12月，中篇小说《拥抱至死》发表于《青年文学》2008年第12期。

短篇小说《雪梨花落泪简史》发表于《西部》2008年第23期。

2009年

乔叶获"河南省青年五四奖章标兵"称号,获第12届庄重文文学奖。

※ 3月,散文集《黑布白雪上的花朵》由安徽少年儿童出版社出版。

中篇小说《锈锄头》获第三届河南省文学奖。

短篇小说《家常话——献给汶川大地震遇难同胞及其家属》入选2008年度中国小说排行榜短篇榜。

※ 8月,中篇小说《最慢的是活着》获河南省第五届文学艺术优秀成果奖。

※ 9月,中篇小说《失语症》发表于《人民文学》2009年第9期。

中篇小说《叶小灵病史》发表于《北京文学(精彩阅读)》2009年第9期。小说被尼古拉·斯佩什涅夫(Nikolai Speshnev)翻译为俄文,收录于《"四十三页"二十一世纪中国散文》,圣彼得堡卡罗出版社2011年版。

创作谈《姐姐的械》发表于《北京文学(精彩阅读)》2009年第9期。

中篇小说《我信》发表于《芒种》2009年第9期。

中篇小说集《最慢的是活着》由万卷出版公司出版。

中篇小说《最慢的是活着》获第三届《北京文学·中

篇小说月报》奖、河南省五四文学艺术成果金奖。

2010年

乔叶当选为河南省三八红旗手。

- 4月,中篇小说《龙袍》发表于《绿洲》2010年第4期。
- 9月,中篇小说《最慢的是活着》获首届郁达夫小说奖。
- 10月,短篇小说《妊娠纹》发表于《北京文学(精彩阅读)》2010年第10期。

短篇小说《语文课》发表于《延河》2010年第10期。小说入选《回应经典:70后作家小说选》(江苏文艺出版社)。

散文集《薄荷一样美好的事》由江苏文艺出版社出版。

中篇小说《最慢的是活着》获第五届鲁迅文学奖。

2011年

乔叶获首届"锦绣文学大奖"银奖,获"河南省优秀专家"称号。

- 2月,短篇小说《月牙泉》发表于《西部》2011年第3期。
- 5月,中短篇小说集《最慢的是活着》由浙江文艺出版社出版。
- 6月,非虚构小说《盖楼记》发表于《人民文学》2011

年第 6 期。

中短篇小说集《最慢的是活着》由江苏文艺出版社出版。

创作谈《每个人都长有妊娠纹》载《小说月报第 14 届百花奖获奖作品集》，百花文艺出版社 2011 年版。

⁂ 7 月，短篇小说《妊娠纹》获《小说月报》第十四届百花奖。

⁂ 9 月，长篇非虚构小说《拆楼记》发表于《人民文学》2011 年第 9 期。

中篇小说《失语症》获第四届《北京文学·中篇小说月报》奖。

⁂ 10 月，散文集《玫瑰态度》由上海辞书出版社出版。

⁂ 11 月，《盖楼记》《拆楼记》获 2011 年度人民文学奖。

2012 年

乔叶当选为 2012 年河南省学术技术带头人。

⁂ 1 月，中短篇小说集《失语症》由中国工人出版社出版。

⁂ 4 月，中短篇小说集《被月光听见》由二十一世纪出版社出版。

⁂ 5 月，中篇小说《扇子的故事》发表于《山花》2012 年第 9 期。

长篇非虚构小说《拆楼记》由河南文艺出版社出版。

❋ 9月，短篇小说《月牙泉》获第二届西部文学奖。

❋ 11月，中篇小说《最慢的是活着》获首届杜甫文学奖。

❋ 12月，长篇非虚构小说《拆楼记》获"文鼎中原——长篇小说精品工程"优秀作品奖。

2013年

❋ 3月，中篇小说《拾梦庄》发表于《长江文艺》2013年第2期。

❋ 5月，创作谈《树下的孩子——自述》发表于《小说评论》2013年第3期。

长篇小说《认罪书》发表于《人民文学》2013年第5期。

❋ 8月，中篇小说《扇子的故事》获首届长安文学奖。

❋ 9月，中篇小说《在土耳其合唱》发表于《莽原》2013年第5期。

创作谈《余音》发表于《莽原》2013年第5期。

中篇小说《盖楼记》获第六届北京文学奖。

❋ 11月，长篇小说《认罪书》由北京十月文艺出版社出版。

❋ 12月，长篇非虚构小说《拆楼记》入选国家新闻出版广电总局第四届"三个一百"原创工程。

长篇小说《认罪书》获2013年度人民文学奖。

2014年

※ 1月,短篇小说《黄金时间》发表于《花城》2014年第1期。小说由褚东伟翻译为英文,发表于香港中文大学《译丛》(*Renditions*)第90期。由奥地利翻译家科内莉亚翻译为德语,收录于德国《讲台》(*Podium*)杂志。

短篇小说《鲈鱼的理由》发表于《时代文学(上半月)》2014年第1期。

创作谈《在这故事世界》发表于《时代文学(上半月)》2014年第1期。

中短篇小说集《月牙泉》由中国言实出版社出版。

散文集《刀爱》由新疆美术摄影出版社、新疆电子音像出版社出版。

长篇小说《认罪书》获中国小说学会2013年度中国小说排行榜长篇小说第二名。

中篇小说《在土耳其合唱》获《莽原》2013年度文学奖。

※ 2月,散文《我和梦想的关系》获河南省委宣传部"中原唱响中国梦"征文大赛特等奖。

※ 4月,中篇小说集《最慢的是活着》由现代出版社出版。

※ 6月,创作谈《沙砾或小蟹——创作杂谈》发表于《新文学评论》2014年第2期。

※ 7月,散文《以路之名》获第五届"我心中的澳门"

全球华文散文大赛二等奖。

\# 9月，散文集《谁在风中留下》（中英对照译本）由外文出版社出版。

2015年

乔叶在河南省作协第六次代表大会上，当选为河南省作协副主席。

\# 1月，短篇小说《塔拉，塔拉——致我呼伦贝尔的朋友》发表于《芒种》2015年第1期。

散文集《走神》由河南文艺出版社出版。

散文集《深夜醒来》由当代中国出版社出版。

中短篇小说集《旦角》由安徽文艺出版社出版。

散文《红豆生南国》获第二届"我心中的丹霞山"全球华文散文大赛一等奖。

\# 2月，中篇小说《卡格博峰上的雪》发表于《大观》2015年第2期。

创作谈《纪念碑》发表于《大观》2015年第2期。

\# 3月，中短篇小说集《拥抱至死》由山东文艺出版社出版。

\# 4月，中短篇小说集《指甲花开》由台海出版社出版。

短篇小说《鲈鱼的理由》获《时代文学》2014年度小说奖。

\# 7月，短篇小说《煲汤》发表于《回族文学》2015年第4期。

※ 8月，散文集《让自己有光》由厦门大学出版社出版。

※ 9月，短篇小说《玛丽嘉年华》发表于《江南》2015年第5期。

中短篇小说集《打火机》由河南文艺出版社出版。

※ 10月，短篇小说《煮饺子千万不能破》发表于《青年作家》2015年第10期。小说英译本发表于《人民文学》杂志英语版《路灯》（*Pathlight*: *New Chinese Writing*）2016年第4期。

※ 11月，中短篇小说集《取暖》由长江文艺出版社出版。

2016年

※ 1月，短篇小说《原阳秋》发表于《人民日报》2016年1月6日。

散文集《生活家》由江苏文艺出版社出版。

※ 5月，短篇小说《送别》发表于《天津文学》2016年第5期。

※ 6月，短篇小说《上电视》发表于《作家》2016年第6期。短篇小说《厨师课》发表于《长江文艺》2016年第6期。

※ 10月，中短篇小说集《一个下午的延伸》由作家出版社出版。

※ 12月，短篇小说《走到开封去》发表于《作家》2016年第12期。小说由尤里·伊利亚兴（Переводчик - Юрий Иляхин）翻译为俄文，发表于俄罗斯杂志《灯》2017年版。小说由纳塔利娅·里瓦（Natalia Riva）译为意大利语，发表于《人民文学》杂志意大利文版《汉字》2021年版。

2017年

2017年9月，乔叶入北京师范大学中国现当代文学专业读研究生。

※ 1月，短篇小说《零点零一毫米》发表于《作品》2017年第1期。

※ 3月，中短篇小说集《最慢的是活着》由江苏文艺出版社出版。

※ 6月，长篇小说《藏珠记》发表于《十月·长篇小说》2017年第3期。小说由意大利汉学家雪莲（费沃里·皮克）翻译为意大利语，2019年4月由意大利自由形式出版社出版。

※ 7月，短篇小说《说多就没意思了》发表于《莽原》2017年第4期。

长篇小说《藏珠记》由作家出版社出版。

※ 8月，创作谈《有谁不是涓涓小水》发表于《长江文艺》2017年第16期。

短篇小说《进去》发表于《广西文学》2017年第8期。

※ 9月，短篇小说《口罩》发表于《作家》2017年第9期。

创作谈《让它替人来说话》发表于《作家》2017年第9期。

创作谈《沉默的那些也许才是我最想讲述》发表于《南方文学》2017年第5期。

※ 11月，中篇小说《四十三年简史》发表于《人民文学》2017年第11期。

中篇小说《最慢的是活着》由作家出版社出版。

长篇小说《拆楼记》（修订版）由北京十月文艺出版社出版。

短篇小说《零点零一毫米》获第十四届"作品奖"。

2018年

※ 1月，中短篇小说集《塔拉，塔拉》由太白文艺出版社出版。

中篇小说集《在土耳其合唱》由北京十月文艺出版社出版。

长篇小说《我是真的热爱你》（修订版）由四川文艺出版社出版。

长篇小说《结婚互助组》（修订版）由四川文艺出版社出版。

短篇小说《走到开封去》获第四届《作家》"金短篇"小说奖。

短篇小说《进去》获《广西文学》2017年度优秀小说奖。

短篇小说《说多就没意思了》获《莽原》2017年度文学奖。

※ 4月，中短篇小说集《像天堂在放小小的焰火》由四川文艺出版社出版。

※ 5月，散文集《天气晴朗，做什么都可以》由北京联合出版公司出版。

※ 6月，散文集《一往情深过生活》由北京联合出版公司出版。

※ 8月，散文集《香蒲草的旅程》由人民日报出版社出版。

※ 9月，短篇小说《随机而动》发表于《青年文学》2018年第9期。

※ 11月，短篇小说《象鼻》发表于《南方文学》2018年第6期。

散文集《我常常为困惑而写》由河南大学出版社出版。

诗集《我突然知道》由河南文艺出版社出版。

※ 12月，散文集《走神》获得河南省第六届文学艺术优秀成果奖。

2019 年

※ 1月,短篇小说《至此无山》发表于《中国作家》2019年第1期。

※ 6月,中篇小说《朵朵的星》发表于《人民文学》2019年第6期。

中短篇小说集《她》由广西师范大学出版社出版。小说集由格洛丽亚·凯琳(Gloria Cella)和纳塔利娅·里瓦(Natalia Riva)译为意大利语,由意大利东方文物出版社(Orientalia Editrice di Pagina 2 Srls)出版。

※ 7月,短篇小说《头条故事》发表于《北京文学(精彩阅读)》2019年第7期。小说入选《2019年短篇小说年选》(山东文艺出版社)、《2019中国女性短篇小说选》(清华大学出版社)。

短篇小说《在饭局上聊起齐白石》发表于《花城》2019年第4期。小说入选《中国当代文学经典必读(2019短篇小说卷)》(百花洲文艺出版社)。

2020 年

2020年6月,乔叶获得北京师范大学中国现当代文学专业的研究生学历和硕士学位。

※ 2月,短篇小说《头条故事》入选2019年中国当代文

学最新作品排行榜。

※ 3月,非虚构文学《小瓷谈往录》发表于《十月》2020年第2期。

※ 4月,短篇小说《头条故事》获《北京文学》2019年度优秀作品奖。

※ 6月,短篇小说《卧铺闲话》发表于《人民日报》(海外版)2020年6月6日。

※ 11月,短篇小说《给母亲洗澡》发表于《北京文学(精彩阅读)》2020年第11期。小说入选《"中国当代文学经典必读"2020年度短篇卷》。

※ 12月,短篇小说《头条故事》获第十一届"茅台杯"《小说选刊》年度大奖。

2021年

乔叶在北京作协第六届理事会第四次会议上,当选为北京作协副主席。在中国作家协会第十次全国代表大会上,乔叶当选中国作家协会全国委员会委员。

※ 4月,童话《朵朵的星》由长江文艺出版社出版。

※ 5月,短篇小说《给母亲洗澡》获《北京文学》2020年度优秀作品奖。

※ 6月,短篇小说《合影为什么是留念》发表于《人民文学》

2021年第6期。小说入选《望云而行：2021年中国短篇小说20家》（四川人民出版社）。

散文集《无数梅花落野桥》由作家出版社出版。

※ 8月，小说集《七粒扣》由译林出版社出版，入选中国出版传媒商报8月好书和持微火者·女性文学好书榜秋季书单。

※ 9月，长篇散文《民间语文资料：日记111号西南联大寻访日记（2020）》发表于《天涯》2021年第5期。

散文集《一杯白茶》由漓江出版社出版。

※ 10月，散文集《语文试卷里的名家美文——乔叶卷》由安徽少年儿童出版社出版。

※ 12月，短篇小说《给母亲洗澡》获第十九届百花文学奖。

2022年

乔叶当选为第十届中国作家协会小说委员会委员。

※ 1月，小说集《七粒扣》入选持微火者·女性文学好书榜2021年度书单。

※ 7月，短篇小说《无疾而终》发表于《作品》2022年第7期。

※ 8月，长篇小说《宝水》（上）发表于《十月·长篇小说》2022年第4期。

⁑ 9月，短篇小说《你不知道吧》发表于《四川文学》2022年第9期。

⁑ 10月，长篇小说《宝水》(下)发表于《十月·长篇小说》2022年第5期。

⁑ 11月，长篇小说《宝水》由北京十月文艺出版社出版。

散文《回头去年更年轻时》发表于《青年文学》2022年第11期。

2023年

⁑ 5月，长篇小说《宝水》获第十九届"十月文学奖"长篇小说奖。

⁑ 8月，长篇小说《宝水》获第十一届茅盾文学奖。

⁑ 10月，短篇小说《明月梅花》发表于《北京文学》2023年第10期。